L'Heure blanche

DE LA MÊME AUTEURE

L'Attrape-souci, Mazarine, 2018 ; Livre de poche, 2019.
L'Année des deux dames, avec Marine Sanclemente, éditions Paulsen, 2020.

Catherine Faye

L'Heure blanche

Fayard

Couverture : © Jeanne de Nîmes, détail d'un tableau de Tim Eitel, *Abend, 2003*. © courtesy Galerie EIGEN + ART Leipzig / Berlin, The Pace Gallery et Galerie Jousse Entreprise, Adagp, Paris, 2021.

ISBN : 978-2-21372-058-6

Publié avec l'accord de l'Agence littéraire Astier-Pécher

Dépôt légal : mars 2021.

Rien ne distingue les souvenirs des autres moments.
Ce n'est que plus tard qu'ils se font reconnaître,
à leurs cicatrices.

Chris Marker – *La Jetée*

Faire peau neuve, reconstruire, renaître,
ça n'a jamais été au-dessus de mes forces.

Colette – *La Naissance du jour*

1

Un Nikkormat. C'est tout ce qui lui reste d'elle. La dragonne de l'appareil photo enroulée autour du poignet, elle détache la partie inférieure de l'étui en cuir, libère l'objectif, un grand-angle, effleure le bouchon, rugueux. De la main gauche, elle rapproche le boîtier de son visage. Se fige. Tapie derrière le viseur, Blanche ausculte le monde. Cachée, elle existe. « Going Home » sur les ondes, mélancolie islandaise, lancinante. Elle ouvre les battants de la fenêtre, une vibration continue la tire de sa rêverie. Sur son téléphone, un message. À quoi bon regarder, elle n'a plus de contact avec personne. Depuis longtemps. Le ciel tire sur le vert, l'air est doux. Dans la gouttière, un crave à bec rouge, plumage noir, reflets cyan, s'asperge d'eau croupie. S'ébroue. Avec la chaleur, le zinc se dilate, craque. Elle règle la focale, l'oiseau lève la tête, lance un cri étrange, se sauve. Sur l'appui de la fenêtre, quelques gouttes, sur son bras aussi. Odeur de sous-bois.

Le bulletin d'informations tire à sa fin. « Éruption en vue dans l'archipel des Tonga, de nombreuses zones du globe actuellement touchées par une activité sismo-volcanique anormale. » Depuis plusieurs jours, un branle-bas tellurique agite le monde. Comme si les volcans se ranimaient. Blanche a toujours eu le sentiment que la vie ne tenait qu'à un fil. Elle coupe le son. Sortir, c'est ce qu'il lui faut. Retrouver le vivant, se laisser attraper par la roche et le vent, gravir les pentes, sillonner la montagne.

Il est quinze heures, encore trois belles heures de lumière déclinante. Elle enroule sa longue écharpe orange autour de son cou, replonge l'appareil photo laqué noir dans sa sacoche, empoigne son casque. Son téléphone vibre à nouveau. Agacée, elle le glisse sous un catalogue dans la bibliothèque. Au moment de claquer la porte, un courant d'air fait basculer une statuette en marbre. Tête la première, la laideronne à deux faces tombe sur le parquet, se brise au niveau des hanches. Blanche ramasse à la hâte le buste et les jambes, tente de les ajuster, hausse les épaules. À l'autre extrémité du meuble, enroulé sur lui-même, son fétiche se détache dans la pénombre. Une ammonite dénichée entre deux rochers, du côté du barrage de Bimont. Depuis, le céphalopode fossile veille sur elle.

Plus de temps à perdre. Elle descend quatre à quatre les marches. Deux étages plus bas, c'est le hall poisseux, humide, les boîtes aux lettres déprimées, la porte d'entrée qui ne ferme pas. Un type défoncé est assis au pied de l'escalier, elle l'enjambe, manque de tomber. La voisine du premier a dû faire demi-tour, son gros bébé dans les bras. La poussette est toujours là, calée sous la rampe.

Elle ouvre sa boîte aux lettres, un fatras de prospectus. Au milieu des dépliants, une enveloppe. Papier vélin blanc, pourtour décoré d'un liseré de chevrons bleus et rouges, elle a été acheminée par voie aérienne et n'a rien d'un courrier administratif. Son adresse a été écrite à l'encre bleue. En lettres déliées. Comme son nom, Blanche de Varengéville. Aucune indication sur l'envers. Impassible, Blanche la plonge maladroitement entre son Nikkormat anguleux et la toile de son grand sac. Pas question de se laisser distraire. Cela fait si longtemps qu'elle vit coupée du monde. D'elle-même.

2

Autour de la fontaine, quelques tables ont été dressées sous les ormeaux. Cette année encore, les températures inhabituelles chamboulent les saisons et les bourgeons s'en donnent à cœur joie. Seul le micocoulier déplumé sous lequel dort le scooter de Blanche, à deux rues de là, tient tête. Une guirlande de lampions décatis pendouille d'un de ses moignons, juste au-dessus de la terrasse d'un bistrot miteux : le rendez-vous des assoiffés du ballon rond. Dans le quartier, on les appelle les fadas. Été comme hiver, ils trinquent à l'envi et s'excitent devant l'écran suspendu avant même que les matchs n'aient commencé. À la première mi-temps, la moitié des fanatiques est déjà avachie sur les guéridons bancals, dans une forte odeur d'eau de Javel et de pastis. Tandis que Blanche enfourche son deux-roues, *La Marseillaise* se déverse par la porte restée grande ouverte. Les volets du rez-de-chaussée mitoyen claquent.

Au croisement de la rue Portalis et du boulevard Carnot, le feu passe au rouge. Elle ralentit, s'appuie sur sa jambe gauche, rétablit l'équilibre, cale la selle entre ses cuisses serrées, esquisse un va-et-vient discret, frissonne. Lorsqu'elle accélère enfin dans la lumière dorée, mimosas et bougainvillées la mettent aussitôt en joie. D'une de ces joies printanières où l'on se dit que rien n'est foutu et que quelque chose de nouveau est sur le point d'arriver. Enfilade de clôtures, voitures en double file, piaillements, sortie de maternelle, elle freine, amorce un écart, peste, elle est déjà loin. La route se délace, chênes, amandiers, fougères, coulées de terre, ocre, rouges. Après Le Tholonet et l'ancien moulin à vent, rivée sur la ligne continue de la départementale déserte, elle penche son buste en arrière, mains agrippées au guidon, manque de déraper. La voit, dans un virage, entre deux cyprès. La Sainte-Victoire, dressée au loin. Gigantesque animal rocheux cramponné à l'immensité.

Blanche s'immobilise sur le bas-côté, sort son appareil photo, tente de cadrer le massif encore distant, le talus raviné, l'ombre des conifères. Elle prend son temps, caresse le déclencheur du bout de l'index, boîtier tenu à distance. Dans le ciel, une corneille plane, se laisse emporter dans un tourbillon. Elle ferme les yeux, se remémore ce conte amérindien tant de fois relu dans son livre d'enfant. Les mots de la fin: «Lorsque le condor du sud et l'aigle du nord voleront ensemble, la Terre s'éveillera.» Des mots énigmatiques. D'une traite, elle remballe prophétie et Nikkormat. Reprend la route. Sa photo, elle l'aura plus tard. Elle sait que tout n'est qu'une affaire d'instant. De détail surtout.

Quelques kilomètres plus loin, à l'entrée d'un parc de stationnement, elle croise une Golf grise. Le chauffeur, la soixantaine, chemise entrouverte, visiblement comblé, l'ignore. À sa droite, une jeune femme, cheveux coupés court, la salue, complice. Ces entre-femmes l'agacent, elle détourne la tête, verrouille son antivol, s'éloigne. Après la garrigue et les barrages d'arbustes, elle se hisse sur les contreforts du massif, gravit les empilements calcaires, loin des sentiers. Comme les bêtes.

Au-dessus d'elle, les clairs-obscurs de la montagne parcheminée ont quelque chose des crépuscules d'été. Blanche se laisse aspirer. Ne fait plus qu'une avec la roche.

3

Courbée vers la terre, elle ouvre le diaphragme, règle la vitesse de l'obturateur, immortalise rides organiques, fragments de calcite. Toujours à l'affût, Blanche traque l'image.

— Qu'est-ce que vous faites là ?

Dans son dos, une voix. Enrouée.

— Vous ne devriez pas vous éloigner des pistes balisées. C'est un coin à gibier ici. Un accident est si vite arrivé.

L'homme sent le fauve. Il plaque une main sur son épaule.

— Oh, ça va, mademoiselle ? Y a un problème ?

Blanche ne se retourne pas, cette promiscuité subite la paralyse. Elle imagine l'étranger grand, indocile, perçoit son odeur, aigre, déglutit, prend appui sur sa main gauche, elle est debout. Sur la pierre, à côté de son ombre allongée, celle de l'individu, jambes arquées. Elle tourne la tête. Visage couperosé, yeux enfoncés, il ne dépasse pas le mètre soixante.

— C'est un bel appareil, ça. Vous prenez des photos de quoi ?

Front plissé, lèvres serrées, Blanche se crispe.

Décontenancé, le quinquagénaire, veste camouflage barrée de la marque Solognac, se penche pour refaire son lacet. Il a retiré son bob et ses cheveux sont gras. Blanche remet le cache sur son objectif.

— Je voulais juste vous mettre en garde. Ne le prenez pas mal.

Plus le chasseur insiste, cloué devant elle, plus elle est mal à l'aise, enrage contre lui, contre elle-même, voudrait disparaître, tourne la tête, à droite, à gauche, glisse son appareil photo à l'intérieur de sa veste, remonte la fermeture Éclair, s'agenouille.

Dérouté, l'homme se raidit. Elle lui retire subitement son fusil des mains, le pointe sur sa poitrine.

— Si vous faites un geste, je tire !

— Alors là, c'est le bouquet. Allez, on se détend. J'ai pas l'intention de vous faire du mal. De toute façon, il n'est pas chargé.

Blanche recule de trois pas. Vite se ressaisir, se fixer sur quelque chose, un objet, le paysage. Elle visualise son tableau préféré. Au centre, un homme de dos, jambes écartées, salue d'un geste triomphal le pic des Mouches qu'effleurent les nuages. Au musée Granet qu'elle ne se lasse pas d'arpenter, ses yeux s'arrêtent invariablement sur cette peinture. S'accrochent aux pans de roche déformée, écartelée, franchement érotique. Glissent le long du sentier de cailloux blancs. Remontent le long des cuisses de l'individu et de son torse, jusqu'au bout de ses doigts d'ogre. Se projettent dans la clarté, violente. Reviennent se perdre dans l'éclatement de la paroi, boursouflée, offerte. Blanche aime le contrefort argenté qui précède la montagne. Et ce détail sur le sol, imperceptible à première vue, escamoté par les broussailles, les éboulis et les pins d'Alep. Le cadavre d'un lapin. De toutes les représentations de la Sainte-Victoire, c'est sa favorite.

La voix éraillée du braconnier la ramène sur terre. Calmement, il reprend son arme, siffle plusieurs fois. Un vieux chien approche, clopin-clopant, une patte arrière repliée sous de longs poils crasseux. Le soleil s'efface derrière un pic. Maître et animal s'éclipsent en silence dans les fourrés. Désorientée, Blanche s'adosse à la pierre. Le froid la gagne. Elle empoigne sa sacoche et dévale la montagne.

4

À cheval sur son scooter, Blanche se lance dans sa course habituelle. À rebours de la nuit. Un mouvement circulaire autour du massif montagneux pour fuir les ombres de son existence, effacer les chagrins et les mensonges, rester à la surface. Elle roule à n'en plus finir, déchire le vent. La fraîcheur s'insinue à travers mailles, plumes, nylon. Du bout de la langue, elle lèche sa morve salée, cligne des yeux pour assécher des larmes de froid. Tout cela lui est bien égal. Lorsqu'elle conduit, Blanche voit la vie autrement, échafaude des projets, imagine un nouvel abri aixois, à ciel ouvert, d'où elle embrasserait l'échine cabossée de la Sainte-Victoire, offerte ainsi chaque jour à son regard. Elle transforme sa réclusion. En repousse les murs.

La route ondule autour du massif, s'éloigne, s'assagit dans la plaine, bifurque à Puyloubier, s'enfonce dans les rochers. Le phare de son engin balaie la chaussée, ses accotements, les forêts de chênes verts. Quel froid ! Elle renifle, c'est tout chaud dans son entrejambe, elle y glisse une main, « prends garde à toi », entonne l'aria de Bizet, « tu ne l'attends plus il est là », presse fermement le guidon de sa main libre, « tout autour de toi, vite, vite ». Plaqué contre sa poitrine, son Nikkormat tape sur ses seins, fait corps avec elle, chambre sous-cutanée, troisième œil. Le ronflement du moteur la berce. Elle roule vers l'ouest, « l'amour est loin, tu peux l'attendre », force la nuit, se faufile entre les ombres, distingue Vauvenargues endormie, château triste agrippé à la colline, dans le flou d'une lune mi-close, posée à ras des cimes. La température a encore chuté. Elle ralentit pour modérer le froid sur sa peau, dans sa chair, hurle sous son casque : « Tu crois l'éviter, il te tient ! » Plus que quelques kilomètres. Mains glacées, tête engourdie, Blanche cesse de chanter. Il est temps de rentrer.

La porte de l'immeuble est restée ouverte. Personne dans la cage d'escalier. Sur la première marche, elle perd l'équilibre, comme si elle tombait dans le vide. Au deuxième étage, la machine à laver du Polonais tambourine. Elle se ressaisit. Regagne son antre.

5

Trois heures du matin. Étendue sur son divan, Blanche n'arrive pas à s'endormir, se laisse engloutir par un chapelet misérable d'émissions insensées, jeunes chefs pressés, suant, couteau à la main, morceaux de viande étalés au milieu de rondelles, de quartiers, d'émincés, débats hystériques, visages tendus, fabriqués, reality-shows pénibles, dialogues ineptes, corps alanguis, décors vulgaires. À bout de force, elle éteint son ordinateur, déplie son canapé-lit dans l'obscurité, se cogne contre la barre en métal déboîtée, peste, attrape couette et oreiller dans la malle en osier, se laisse tomber sur le matelas. Son cœur bat la chamade.

Pour se calmer, elle pense à un arbre, racines sinueuses, écorce fissurée, branches tourmentées, elle somnole. Allongée sur du gazon fraîchement tondu, au fond d'un parc, elle a huit ans. C'est le printemps austral. Une bruine collante perle d'un tipa, l'arbre qui pleure, comme elle l'appelle, sur lequel une myriade d'insectes suce la sève des jeunes pousses, l'expulse ensuite en gouttelettes, à peine perceptibles au contact de la peau. Ici personne ne vient, à part le jardinier au petit matin pour ramasser les feuilles mortes. Sa mère le nomme le Gaulois, parce qu'il parle le français avec des mots simples venus de l'enfance. Discret, il garde le secret, ne dit rien de la cachette, au pied de l'arbre écailleux, entre ombre et soleil. Il a même fabriqué un petit banc en bois, contre la palissade, au-dessus duquel Blanche ouvre en grand un parapluie noir tendu de vingt-quatre baleines pour se protéger des farfadets et se raconter des histoires.

Un son étouffé la tire de sa torpeur. Son téléphone est resté sur l'étagère, dans l'entrée. Elle soupire, ouvre les yeux. Derrière la fenêtre, des nuages sombres. La lune voilée disparaît, réapparaît, s'efface à nouveau, se redessine au gré des masses d'air. Elle étire les bras au-dessus de la tête, se tourne sur le côté, en chien de fusil. Les ténèbres l'aspirent. On n'entend plus qu'un souffle. Régulier.

Autour d'elle flotte un parfum d'immortelle. La lettre est restée au fond de son sac.

6

Une pluie fine tinte dans la gouttière. Le jour a envahi la pièce. Blanche remonte l'édredon aux parfums de lessive et de sommeil sur son visage. La porte d'entrée de la voisine du dessous claque, ses pas dégringolent sur les marches en bois. Au loin, une émission radiophonique déverse son flot de jingles, de bavardages. Samedi ne fait que commencer. Elle a le blues. Vite, une douche. L'eau enfle, refroidit, asperge ses jambes, ses cuisses, glace son ventre, ses épaules. Sa peau s'empourpre, elle aime ça. Elle insère une capsule dans la machine à café, le ronron familier se déclenche, ça sent la noisette. Réveil, toilette, petit-déjeuner, tous les matins se ressemblent.

Pour faire diversion, elle allume la radio. Un concert de Pablo Trova en rediffusion. Cela lui rappelle Santiago, les années chiliennes. Les dernières heures surtout. Ce branle-bas étrange, ces silences. Pour elle, la fin du monde. Les informations interrompent sa rêverie. Des éruptions volcaniques en cascade.

Derrière la fenêtre, une trouée de ciel pâle. La pluie a cessé de tomber. Le robinet de l'évier goutte. Il est déjà midi. Elle enfile un chemisier rose, saute dans une paire d'escarpins. Sur son téléphone, trois messages, qu'elle efface un à un. Aucune envie de les écouter. Ni de savoir. Elle referme la porte derrière elle. Sans un bruit.

Dans le reflet du miroir, le rebord de la fenêtre. Le crave de la veille vient de s'y poser et dodeline étrangement de la tête. Son long bec rouge incurvé pointe la ligne d'horizon.

7

La terrasse du Thémis est pleine à craquer. Marcel, un torchon à la main, éponge scrupuleusement la table devant laquelle Blanche a pris place. Depuis qu'il travaille dans l'établissement, il se débrouille toujours pour que ce soit lui qui la serve. Sa beauté désuète le ravit. Sa voix spéciale aussi, à la limite du guindé. Il n'a jamais rencontré ce genre de femme auparavant. Figée dans le temps. Comme une actrice échappée d'un film en noir et blanc. Une héroïne des années trente. Elle a quelque chose d'irréel.

Autour du palais de justice, le marché inonde les rues de vaisselle colorée, de paniers tressés. L'air est chargé de parfums. Thym, menthe, cumin, lavande. Dans le désordre d'odeurs, il y en a une qui rappelle à Marcel le garde-manger de son enfance. Poivrée. Il tend la carte des boissons à Blanche.

— S'il vous plaît. Je reviens dans un instant prendre la commande.

Sans un regard pour lui, elle l'interrompt.

— Un verre de puligny-montrachet, je vous prie.

Il sait qu'elle prend toujours la même chose, lui sourit. Un chapelet de ridules se dessine autour de ses yeux sombres. Sur la place, un touriste coiffé d'un chapeau provençal l'observe, plein de suffisance. D'une ondulation des mains, Marcel esquisse alors un battement d'ailes discret, chuchote un vers que Blanche n'entend pas : « Ce billet doux plié en deux cherche une adresse de fleur. » Presque une incantation. Marcel connaît les *Histoires naturelles* sur le bout des doigts, ne se lasse pas des petits poèmes en prose de Jules Renard.

À l'intérieur du café, où il est allé déboucher la bouteille de bourgogne, quelques habitués accoudés au zinc trinquent au nouveau 4x4 du boucher de la rue des Prêcheurs, se plaignent de la chaleur anormale pour la saison, râlent contre l'incompétence du nouveau gouvernement. Personne n'évoque les volcans. Marcel se dit : *Dénier pour conjurer le sort. Ce doit être ça. Et si ce chamboulement n'était que notre part invisible ?* Cela le rassure de ramener les mystères de l'univers à l'homme. Une manière pour lui de prendre la juste mesure des choses.

En ressortant, plateau à bout de bras, une bourrasque soulève ses longs cheveux. Ainsi dégagé, son visage accentue la proéminence de son nez. On ne saurait dire si Marcel est beau ou s'il est laid. Son charme mystérieux attise toutefois la curiosité des femmes. Excepté celle de Blanche, assise en plein soleil. Elle commande un second verre, puis un autre, lui fait signe qu'elle va s'en aller, l'air pressé, disparaît au coin de la rue. Marcel passe le chiffon sur la table, fredonne quelques mots remémorés, « un oiseau rebelle, que nul ne peut apprivoiser », une mélodie approximative, opine du chef, ne se rappelle pas la suite, replace la chaise avec douceur.

Des traces de fumée rousse strient le ciel. La jeune femme a laissé dans son sillage un parfum de fleur séchée.

8

Grisée, Blanche sélectionne une playlist, un chapelet d'extraits d'opéras. En fond sonore, ils la stimulent et brouillent les indiscrétions d'un hypothétique voisin posté derrière la porte. Le type du premier par exemple a quelque chose d'un mouchard avec son regard en biais. Pendant qu'elle se change, persiennes descendues, une voix chaude tapisse les murs. Pieds nus, elle enfile sa robe d'intérieur en mousseline coquelicot, ouvre le tiroir de la table à jeu en merisier, glisse entre ses lèvres un bonbon à la bergamote. Plaquée contre son palais, la friandise lui donne un timbre langoureux. À partir de cet instant, elle devient Cléo, son nom de scène pour ses prestations à huis clos. Cléo, comme dans le film d'Agnès Varda, dont l'héroïne hante ses nuits, même errance, même corps avide, lorsque l'insomnie la saisit.

Sur son ordinateur, un carillon l'avertit : le 47 est en ligne. Elle met ses écouteurs. Au travail.

— Oui, susurre-t-elle, je suis à vous.

Elle marque une pause, laisse traîner une expiration. Pour gagner sa vie, Blanche se donne aux hommes en ligne. Juste avec sa voix. En français, mais aussi en espagnol, en italien, en allemand, en anglais. Elle aime les langues étrangères, a une exceptionnelle aptitude à leur apprentissage. Elle a habilement tissé sa toile de clients inconditionnels, numérotés, les prend par les mots, le souffle. Ses ouailles ne résistent pas à ses intonations raffinées, à son vocabulaire nuancé. Un emploi à domicile dans lequel elle excelle. Du sur-mesure. Personne pour lui donner d'ordres ou la contrarier. Excepté de temps à autre un malheureux, impuissant ou allez savoir, une fois l'insulte passée, la grossièreté effacée, *faites de moi ce que vous voulez*, avec son éternel voussoiement, survoltant, le voilà regonflé, il reprend la main, escalade son petit empire, sa virilité, succombe et jouit. L'affaire est dans le sac, le virement effectué, le compte de Blanche crédité.

Aux heures dites, donc, dans son trente mètres carrés secret, Blanche se métamorphose en Cléo, maîtresse femme, figure de l'ombre, trublion du désir. Une invitation à des pratiques singulières. Un onanisme libérateur, orgasmique. Conformément à une règle inébranlable, ne jamais confondre Blanche et Cléo. Elles doivent, en toutes circonstances, rester deux personnes bien distinctes. Étrangères l'une à l'autre. Sans attaches. Du reste, qui pourrait faire le lien ? Depuis qu'elle exerce, elle n'a jamais rencontré qui que ce soit. Ne parle à personne. Hormis dans les commerces, quelques formules de politesse. Cléo travaille quand elle veut, n'y met aucun affect, saisit les hommes par la parole, s'invente une sexualité. Désincarnée. Factice. Cette profession solitaire lui va comme un gant. La libère de toute vie sociale. Lorsqu'elle termine sa tâche et éteint son ordinateur, elle redevient instantanément Blanche, s'infiltre à nouveau dans son mutisme. Sa gangue.

9

Le studio embaume les citrons mûrs. Une légère odeur d'humidité. Cléo reprend une bergamote. Les minutes filent. Les hommes invisibles, immatériels, la rejoignent. Ondes, synapses, champs électriques, satellites, enchevêtrement de sons, de mots, frottements solitaires. Elle triture le fantasme, l'excitation, jusqu'à l'abandon. Mais le numéro 105 peine. Cléo use de phrases douces. Un tendre, celui-là. Inutile de l'entraver plus, autant le combler. En finir. Cela prend du temps, elle est patiente, s'ennuie, plonge machinalement la main dans sa besace au pied de la table, cherche son baume à lèvres. Au bout de ses doigts, la lettre oubliée. L'enveloppe est froissée. Elle ne peut résister. Tout en murmurant des mots libertins à son client, sans indécence, elle se lève de sa chaise en douceur, file dans la cuisine, saisit un couteau. Pour la première fois, elle transige avec la règle.

— Ça va, poupée ? hésite l'homme.

Tandis que Cléo pousse des soupirs, Blanche glisse la pointe du couteau sous le rabat, découpe avec minutie, libère une carte postale. Côté face, une photo en noir et blanc. Pantalon taille haute, chemisier col Claudine, Louise Brooks, mains dans les poches, regarde l'objectif avec malice. Louise Brooks, son sosie. À l'exclusion de la couleur de ses cheveux. Les siens tirent sur un blond très pâle, alors que ceux de Louise sont noirs. Et de ses yeux. Gris clair, alors que ceux de l'Américaine font penser à du jais.

L'homme reprend son souffle.

— Cela faisait si longtemps, bafouille-t-il.

Naturellement, comme les autres, il ne lui demande pas si elle a pris du plaisir. Tant mieux. Elle n'en a que faire, feint, ne ressent rien. Ses prestations ne sont qu'un gagne-pain comme un autre. C'est son dernier client. Elle éteint l'ordinateur, remonte les persiennes, écarte les battants de la fenêtre, un parfum de basilic et de tomate farcie s'engouffre dans la pièce. Chaque après-midi, la petite maison adjacente exhale des fumets qui lui coupent l'appétit pour le reste de la journée. Repas, cérémonies, jeux d'enfants, tout ce qui lui rappelle la famille l'indispose.

Deux mésanges bleues viennent se poser sur la traverse basse, poitrail bombé, quelques *tsi* aigus en guise de bravade. Elle se love sur le canapé, ramasse l'enveloppe tombée sur le sol. Le cachet de la poste est à moitié effacé, mais elle devine sans hésitation les cinq lettres du pays d'origine, celui de son enfance : Chili. Sa respiration se fait animale. Fait fuir les deux oiseaux. Elle récupère la carte postale abandonnée sur le bureau. Sur l'envers, quelques mots. Le texte a été tapé à la machine sur du papier bleu pâle découpé précautionneusement et collé au centre. Pas de signature. Elle lit à voix haute : « Nichée là. Depuis le premier jour. Tu es. À jamais. »

Alors, elle s'en persuade, ces mots, cette façon de dire, ce ne peut être que lui. Un style particulier. Quelque chose d'immédiat, de dérangeant. Comme sa voix et ses gestes. Comme leur rencontre, le jour de son anniversaire. Elle a dix-neuf ans, vient d'être admise à Ulm, une consécration pour Blanche qui ne jure que par l'excellence, l'exception, n'aspire qu'aux lettres, à l'étude, aux délices de la connaissance et des idées. Plus tard elle sera consule de France, comme sa mère. Le matin même de leur rencontre, la liste des admis au concours d'entrée à l'École normale supérieure a été publiée. Son nom y figure, de Varengéville, Blanche Gabrielle Henriette, avec le cachet bleu de l'ENS barré de la signature du directeur. Elle va fêter cela comme il se doit. Seule, comme toujours. Elle entre dans une brasserie, s'installe derrière la devanture, commande du puligny-montrachet. À l'extérieur, un groupe de trentenaires trinque en riant. Une musique flamenca envahit la salle, elle tourne la tête vers le comptoir. Jean et tee-shirt noirs, long corps aérien, il est assis avec des amis au fond du troquet et joue des castagnettes avec deux cuillères à soupe. Son regard fiévreux la transperce. Elle ne voit plus que lui. Yossef.

10

Sa robe flamboyante gît sur le sol. « Prends garde à toi », s'intime-t-elle en coinçant la carte postale dans la traverse de la fenêtre. Elle enfile un pantalon ample, un cachemire, croque un piment rouge, la brûlure entaille sa langue. Rien de tel pour se remettre les idées en place. L'esprit aux aguets, elle prête l'oreille au croassement d'une corneille posée sur le faîte de l'immeuble voisin, regarde dehors. Enfoncée dans un fauteuil à bascule, une femme entre deux âges, yeux mi-clos, se cure le nez en ânonnant des bribes de « Like a Virgin ».

Fuir. C'est ce que Blanche maîtrise le mieux. Errer dans le calme de la Sainte-Victoire, rassérénée par son énergie tranquille. Brandir son Nikkormat entre elle et le monde. Regarder à travers l'objectif. Avec pour seuls compagnons le déclenchement de l'appareil photo et le souffle de la montagne. Ici, un pétale, là, une craquelure, plus loin, une tigelle bousculée par le vent. La pellicule sera ensuite envoyée dans un laboratoire qu'elle a soigneusement sélectionné pour la qualité de ses tirages.

Il lui a fallu des semaines de recherche pour mettre la main dessus. Un peu par hasard, à deux pas de la prison des Baumettes et de ses hauts murs gardés par d'inquiétantes sculptures représentant les sept péchés capitaux. Un laboratoire marseillais sans prétention tenu par un esthète, un maître du tirage argentique. Les silences de Blanche n'ont pas préoccupé Ringo. En auscultant ses planches-contacts, il a compris. Pas de figure humaine. Comme dans les tableaux de Cézanne. Il lui a expliqué sa façon de travailler, lui a proposé un tirage 20 x 30 centimètres à titre d'essai pour qu'elle puisse en juger. Elle a juste répondu :

— Non, plutôt du 20 x 20, je vous prie. Pas de recadrage. Et il me faut ce gris, en pointant la photographie d'une roche tailladée.

Dès le lendemain, Ringo a travaillé l'image. Avec rigueur. Sa principale qualité. Lorsqu'elle est repassée au labo, le résultat lui a plu. Particulièrement le bleu-gris, par touches. Un travail d'orfèvre. Depuis, l'un et l'autre communiquent par messages. Inutile de se déplacer. Une fois la pellicule reçue, Ringo se met à l'œuvre, lui envoie les planches-contacts. Elle lui donne le feu vert, lui fait sur-le-champ un virement bancaire. Blanche est toujours satisfaite. Elle range ensuite ses tirages carrés, l'un derrière l'autre, dans des pochettes en papier de riz, comme des petits tableaux, consignés dans de grands classeurs en carton recyclé. Les dossiers recouvrent un pan de mur entier et portent chacun le nom d'un minéral. Calligraphié à l'encre rouge.

11

Marcel a terminé son service. Il bute sur le rebord du trottoir, en travaux, comme les pourtours de la fontaine des Prêcheurs. Sous le ciel indigo, l'église de la Madeleine paraît plus imposante que d'habitude. Son portail est grand ouvert, c'est si rare. Dans le platane qui lui fait face, les étourneaux s'égosillent. Un raffut de tous les diables. L'auvent bleu du kiosque à journaux se soulève avec la brise, voile les lettres blanches inscrites sur chacune des faces de l'édicule. La Provence, comme un leitmotiv. En décrochant son antivol, il aperçoit la jeune femme sur son scooter. Elle roule dans sa direction, l'évite d'un écart.

Sans réfléchir, il saute sur son vélo, veut savoir où elle va, la prend en chasse, *voyeur, je ne suis qu'un voyeur*, pédale comme un fou. À en perdre haleine. *Bon sang, Marcel. Qu'est-ce qui te prend?* Mais c'est plus fort que lui. Cette fille l'attire irrémédiablement.

Au bout de la route qui plonge à flanc de coteau, elle lui échappe. Il fonce sur le bitume, en apnée gagne du terrain, ne décélère pas. Avec la chaleur, le goudron humide exhale une odeur de mie de pain. De gasoil aussi. Il est en nage. La sueur suinte de la racine de ses boucles noires à ses reins, coule le long de sa colonne vertébrale, imprègne son tee-shirt et les plis de l'aine. Dans la longue descente en lacet, creusée à même le calcaire, l'argile et l'oxyde de fer, tout son corps mène la cadence. Ses sens s'éveillent au centuple. En danseuse sur son vélo, visage fouetté par les courants d'air frais, Marcel se met à bander. Ce désir ranimé le fait éclater de rire. Seulement, il a complètement perdu la trace de la jeune femme. Dans un virage, il avise une aire de stationnement à même la croupe de la Sainte-Victoire. Pas de scooter en vue. Tant pis pour cette fois-ci.

Il n'est jamais venu dans ce coin. Ni le temps ni la tête à se distraire. Le drapé de la montagne l'impressionne. Il décide d'y grimper. Plus haut, dans les replis de la roche, il entend un gargouillement mystérieux. Le ventre de la Terre ? L'air se charge d'électricité. De longs nuages crémeux tapissent le ciel. Le sommet du massif blanchit. Chez lui, à des milliers de kilomètres de là, les orages sont de vraies tornades. Les éclairs ne l'effraient pas. Au contraire, leur tambourinement le berce. Il guette une surface plane, se hisse sur de la pierre, s'allonge, jambes dans le vide, dans un parfum de terre et de genièvre. Emmailloté dans les rafales de vent et le tonnerre, il s'assoupit, vagabonde entre rêveries et souvenirs.

— Il me faut un volontaire qui n'ait pas peur.

— Moi !

— Quel est votre prénom ?

— Arrabal.

— Installez-vous sur cette chaise, Arrabal. Fermez les yeux. Je vous dissimule sous une couverture. Une couverture céleste. Elle m'a été léguée par un mage. Un sage illusionniste. Il vit dans un pays lointain. De l'autre côté de la Terre. Détendez-vous, Arrabal. Laissez-vous aller.

La salle est petite. De l'extérieur, on dirait un cabanon délabré. À l'intérieur, les murs sont tendus de tapis d'Orient. Le public, installé à même le sol, retient son souffle. Marcel, vêtu d'une cape en velours carmin, valse autour de l'élu, les bras emportés dans une danse hypnotique. Des sons gutturaux s'échappent de sa bouche, forment une mélopée étrange. D'un mouvement sec, il soulève la couverture. Plus personne. L'effroi saisit l'assistance. Certains s'enfuient. Puis reviennent. Apeurés. Subjugués. Marcel jubile. Son public est comblé.

Dans les tourbillons qui tonnent, le jeune homme voyage dans sa vie ancienne. Des années qu'il n'a pas fait de tour de magie, de performance, de prédiction. Pour rester en vie, il a dû braver les tempêtes. Traverser les frontières. Loin de chez lui, Marcel le magicien est en sursis. Sans résignation. Ni tristesse. Sous les premières gouttes de pluie, les yeux rivés sur un arbre solitaire accroché au versant de la montagne, il aspire l'air chargé de sédiments, malaxe la terre, arrache quelques brins d'herbe, les pétrit, frictionne ses mains avec la bouillie végétale, lève les mains au ciel. Son torse se gonfle d'oxygène. Avant tout, vivre.

12

Les oiseaux se sont tus, le tonnerre broie les soupirs du vent. À quelques centaines de mètres de là, Blanche observe les cumulonimbus craquelés d'éclairs. Il est trop tard pour rejoindre un refuge. L'atmosphère est poisseuse. La pluie va bientôt tomber. Agenouillée dans l'ancienne carrière de marbre, elle cadre une houppe d'herbes folles échappée de la roche fendue, précise ses réglages, sa mise au point, dans une lumière quasi fluorescente. Sur un bloc, un tag : « Ta vie dans un miroir. » Blanche vient souvent à la Marbrière, première halte lors de ses escapades sur le versant sud.

La foudre la plaque au sol. Elle a tout juste le temps de protéger son Nikkormat et de s'enfouir sous sa cape de pluie. Une cascade d'eau s'abat sur elle, recouvre le sol, détrempe ses souliers et le bas de son pantalon. Adossée au pan incliné, elle n'a d'autre choix que d'attendre, gelée et assaillie d'images, fleur d'hibiscus, statue animée, bouches vomissant des rubans de mots, poète transpercé d'une lance s'écroulant sur la roche effritée. La première fois qu'elle voit *Le Testament d'Orphée*, elle a neuf ans, personne dans le salon pour la surveiller. Il lui a suffi d'ouvrir le meuble byzantin dans lequel sa mère rangeait ses livres, ses DVD, ses CD. Une caverne d'Ali Baba.

C'était un 18 septembre. Un an jour pour jour avant le drame. Elle s'en souvient, parce qu'au Chili c'est l'anniversaire de l'indépendance du pays et que sa mère l'amenait toujours avec elle à la réception de l'ambassade. Elle a toujours pensé que ce film avait tout provoqué. Comme un sort jeté sur elle. Condamnée à vivre. À porter la faute. Des bribes de son enfance fondent sur elle. Elle fait un effort démesuré pour étouffer la voix qu'elle n'a jamais réussi à oublier. Un timbre doux, indolent.

— Je serai toujours là, ne l'oublie pas. Reviens quand tu seras grande. Dans dix ans, dans vingt ans.

Visage joliment ridé, drôles d'yeux un peu chinois, Mademoiselle, sa gouvernante. Blanche doit quitter Santiago, la ville où elle est née, quitter la maison où elle a grandi. Sa maison. Deux semaines plus tôt, alors qu'elle attend sa mère dans la cour de l'école vide – c'est bien la première fois que sa mère est en retard, surtout avant de se rendre à la réception du 18 septembre –, elle lance son caillou sur le chiffre trois de la marelle dessinée à la craie. Trois, un chiffre qu'elle n'aime pas depuis que son père a disparu. Saute à cloche-pied d'une case à l'autre. Un, deux, quatre, cinq, six, sept, huit, ciel. Une DS rutilante s'arrête devant la grille. Cheveux gominés, moustache impeccable, le chauffeur sort de l'automobile, ouvre la portière arrière gauche, puis la droite. L'ambassadeur de France et son épouse s'en extraient, hâtivement. Ils sont dans la cour, échangent quelques mots avec la directrice de l'école, qui porte la main à sa bouche, s'approchent, embarrassés. Ses petits pieds centrés sur la dernière case de la marelle, dans des ballerines vernies, cachent délibérément le mot « ciel ».

— Ta maman est à l'hôpital, elle a eu un accident.

Après les mots de l'ambassadrice, une gigantesque vague opaque vient tout brouiller. Un bourdonnement mat bruit dans sa tête.

Blanche repousse le promontoire, barre la route aux souvenirs. Elle offre son visage à la pluie battante, passe la langue sur le contour de ses lèvres. La carte postale anonyme lui revient à l'esprit. Si c'était Mademoiselle ?

Les éclairs se rapprochent, pourraient la pulvériser à flanc de montagne, tant pis, elle se remet en route, pose les pieds du mieux qu'elle peut sur la roche mouillée, suit le sentier en pente, dérape, se rattrape à un buisson, s'écorche, se relève, coince son godillot entre deux pierres, perd encore l'équilibre, s'effondre dans la boue. Son Nikkormat n'a rien heurté, mais son pied la fait souffrir. Dès qu'elle essaie de le poser par terre, la douleur irradie dans sa jambe. Impossible de continuer. Agrippée à un argousier, elle tente de se redresser, rien à faire. Trempée, Blanche repose à même le coteau, étendue à la jonction de deux pistes. Elle enrage, incapable de trouver une solution, se recroqueville, le nez plongé dans son écharpe. Le battement de son cœur finit par l'apaiser.

Lorsque le déluge cesse enfin, une fauvette se pose dans son dos. Picore la carcasse d'un scarabée.

13

Enfant, Marcel s'était mis en tête que, s'il réussissait un jour à parler parfaitement la langue de Molière, cela changerait le cours de sa vie. Son père, un homme massif et austère, aux mains calleuses et rassurantes, écoutait chaque soir des cassettes de textes français, dits par des voix graves, posées ou saccadées, parfois carillonnantes. Des contes, des romans, des poèmes qui transfiguraient son visage fruste. Ses paupières mi-closes laissaient passer une onde inhabituelle, une invitation à se laisser emporter par les œuvres mystérieuses. Lorsque la bande sonore touchait à sa fin, que le bouton du vieux lecteur de cassettes claquait, son père se redressait, engourdi et radieux. Il disait à son fils :

— La langue française, étreins-la, fais-la tienne. Et n'oublie jamais ta langue natale. Surtout, Marcel, ne cesse jamais de lire.

C'était bizarre d'entendre le bûcheron invincible, le veuf hermétique, prononcer des paroles comme celles-là. Marcel et son père vivaient isolés au cœur d'une forêt démesurée. À la dure. Pas question que le fils n'aille pas à l'école. Jamais une absence, jamais un retard. La route était longue pour aller et revenir, il dormait peu. Lorsqu'il fallait donner un coup de main, il s'en débrouillait. On ne discutait pas. On s'aimait. Comme ça. En silence. Depuis qu'il avait été en âge de comprendre, Marcel n'avait jamais cessé d'apprendre. Même après les premières arrestations, le désarroi de sa patrie, la disparition du père. Même lorsqu'il avait fallu tout abandonner, courir au milieu des arbres, des jours et des jours sans savoir où aller, partir, de plus en plus loin. Apprendre, contre vents et marées. Tapi sous un pont, assis sur les couvercles de toilettes des stations-service, caché dans une remorque ou au fond d'une cave, abrité chez des compatriotes, toujours ramasser les livres interdits. Les livres oubliés.

À Aix, où il a trouvé asile, dès qu'il quitte le café où Nestor l'emploie au noir, Marcel rentre chez lui répéter des pages entières apprises par cœur. Cela fait si longtemps qu'il travaille sans relâche, reconstruit un semblant d'existence, alterne besogne, nuits entaillées de cauchemars, longues heures de lecture, Camus, Giono, Duras, récitation à voix haute de poèmes, Nerval, Mallarmé, Supervielle. Les livres, empruntés à la bibliothèque de la Halle-aux-Grains, s'empilent en colonnes qu'il démantèle au fur et à mesure. Marcel aime la limpidité de la langue française. Dos au mur, il s'exerce chaque jour à façonner à son tour des phrases conformes, s'applique à prononcer des *r* aériens, des *h* aspirés, des *o* ronds. À travers la vitre de son rez-de-chaussée, il observe les passants, examine leurs visages, leurs mains, leurs cadences. D'étranges étrangers.

L'averse s'est calmée. Marcel a repris son ascension de la Sainte-Victoire. Aspiré par l'inconnu. Au loin, il aperçoit une silhouette à terre, inerte. Alors qu'il voudrait aller la secourir, des images anciennes lui reviennent à la mémoire. Ses jambes ne lui répondent plus. Il s'enfuit. Jamais il ne s'est dérobé de la sorte. Lorsqu'il s'immobilise enfin, décontenancé et confus, il fait immédiatement demi-tour, revient sur ses pas, se rapproche de l'endroit où il a aperçu la forme allongée. Plus personne. Près du sentier désert, dans la terre brouillée, un bouchon d'objectif à moitié enfoui dans l'humus. Il le ramasse, l'essuie, le glisse dans sa poche.

14

Blanche, que personne n'a effleurée depuis longtemps, est à dos d'homme, bras cramponnés au cou de l'individu rencontré la veille. Lorsque le chasseur suivi de son chien boiteux est apparu sur le sentier où elle était étendue, il n'a pas caché son étonnement :

— Faites quoi encore par ici ? Avec la foudre qu'on vient de se coltiner. Vous êtes dans l'eau comme un canard, ma foi !

Retranchée dans sa coquille mutique, elle n'a pas relevé la tête.

— Oh, mais, on dirait qu'y'a de la casse. Montrez voir.

Elle s'est exécutée, exsangue.

— Pas le choix, jeune dame, je vous embarque. Qu'on n'aille pas ensuite m'accuser de non-assistance à personne en danger. Bou Diou !

Bon gré mal gré, elle s'est laissé faire et tient sur ses épaules, en équilibre, pieds au ras du sol. Sa posture est si instable qu'elle craint de s'écrouler sur le corps du petit homme. Alors elle se fait toute légère tandis que lui ahane. Cela la dégoûte un peu. Elle se dit tout bas : *Ne fais pas de manières.* Débobine sa formule habituelle pour se tranquilliser : *Chut-chut-chut, plume de paon et vesse-de-loup.*

Au pied de la montagne, le chasseur l'assoit sur le capot de sa fourgonnette, cherche son trousseau. Elle se sent affreusement ridicule.

— Je vais me débrouiller toute seule maintenant. C'est mon scooter là-bas. Ça devrait aller.

L'homme ricane.

— N'y pensez pas. Donnez-moi plutôt votre clé.

Elle se laisse glisser sur le sol. Essaie de faire un pas en avant, en vain. La douleur est trop forte. L'homme engouffre chien et scooter dans le coffre, installe la blessée dans l'habitacle. Un quart d'heure plus tard, c'est le CHU. Les urgences sont surchargées. Le braconnier a ses entrées, il fait appeler madame Baudoin, une aide-soignante un peu matrone qui fait passer Blanche en priorité. On l'interroge, elle n'a d'autre alternative que de répondre, nom, âge, adresse. De raconter sa chute. On la tripote, on l'ausculte. Un enfer pour elle qui refuse tout contact depuis des années. Dès qu'on la touche, elle a une sensation de brûlure sur la peau, tous ses pores, comme autant de petites bouches en apnée, appellent à l'aide. Radio, échographie, « rien de grave », lui dit-on, pas de fracture, juste une petite entorse. La voilà qui ressort le pied dans une chevillière, quelques jours d'immobilisation, une béquille ensuite, « le temps que tout se consolide et pas d'imprudence, je vous ramène à monsieur ». Blanche est gênée, voudrait leur faire comprendre qu'elle n'a rien à voir avec *monsieur*. Elle a au fond de la bouche un arrière-goût. Rance.

Mère-grand lui aurait dit :

— Tais-toi et obtempère.

À son arrivée en France, elle passait toutes ses vacances scolaires chez elle. Près des calanques. Durant ses études secondaires, Blanche partageait son temps entre la pension et de longs séjours dans l'immense appartement de sa grand-mère maternelle. Elle se revoit consignée dans la chambre mise à sa disposition, contrainte de retravailler tous ses cours. En hiver, les brumes matinales recouvraient les sommets du massif de Marseilleveyre. Elle se levait avant le jour, ne quittait pas des yeux le brouillard qui lentement s'estompait. En été, le chaînon calcaire se découpait sur le ciel turquoise, peu à peu se décolorait. Regarder dehors, son échappatoire. À quelques centaines de mètres à vol d'oiseau des falaises et de la mer, elle passait ses journées à tourner les pages. En bonne élève. Des centaines de pages. Elle n'avait pas le choix. Hormis la fenêtre ouverte sur les beautés de la Méditerranée, les murs du bureau où elle était enfermée à clé étaient couverts de livres. Une prison d'ouvrages, d'encyclopédies, de carnets. Heureusement, tout cela est loin.

— Allez, on dépose Filou au bercail, je préviens la smala, puis je vous ramène. On ne pourra pas dire qu'il est mauvais, le Paulo, après ça.

Blanche se serait bien passée d'être à sa merci. Elle tente une riposte, bute, émet un drôle de son, contourne les mots par un hochement de la tête, essaie à nouveau, veut lui intimer de la déposer à une station de taxis. Mais il y a son scooter dans le coffre, ils ont tourné le dos à la ville et l'automobile roule à travers la campagne dans des soubresauts de pot d'échappement. Elle bascule la nuque sur le repose-tête. Advienne que pourra. Derrière le profil ingrat du chauffeur qui chantonne en souriant, l'échine de la Sainte-Victoire se dessine, étirée comme une sirène. Blanche sursaute. Son Nikkormat ! Se tranquillise. Il est là, posé dans la boîte à gants dont le battant pendouille. La radio crache les grands titres du journal.

— Encore cette histoire de volcans. Où va le monde ? Manquerait plus que ça pète chez nous.

Le chasseur augmente le volume. « Italie : un séisme de magnitude 4,8 vient de frapper une zone proche de l'Etna. Islande : le volcan Grímsvötn montre des signaux alarmants. Guatemala : les autorités évacuent trois mille personnes et déclenchent l'alerte rouge en réponse aux jets de lave du volcan Fuego. Indonésie : nouvelle éruption du volcan Krakatoa. La Terre en état d'alerte. » Le couinement des suspensions se superpose à la voix de la journaliste. Les yeux rivés sur sa montagne, Blanche lutte contre le sommeil, se dit intérieurement : *La Terre est lasse. Je suis lasse. Quelque chose est en train de se fissurer.*

Quand elle se réveille, la fourgonnette est garée le long de deux maisonnettes sommaires accolées. Chacune porte un nom. Bise et Brise. Prise de panique, elle imagine le pire. Au même moment, l'homme réapparaît. Il a enfilé un bleu de travail. Blanche le supplie du regard. Il éclate de rire.

— Non mais franchement ! Allez, je vous reconduis.

Un coup de vent violent envoie voler un morceau de tôle ondulée. La voiture hoquette. Blanche saisit son Nikkormat. Le cale contre son ventre.

15

Tout est sombre dans l'appartement. Dehors aussi. Le ciel ne ressemble à rien. Elle jette sacoche et veste par terre, saute jusqu'à son canapé, se laisse tomber sur le mou des coussins, s'allonge en biais, un oreiller calé sous sa jambe. Si seulement elle était restée là, tout cela ne serait jamais arrivé. Surtout ne pas sombrer. Demain sera un autre jour. Des larmes plein les yeux, elle repense aux mots du chasseur.

— Chez nous, on dit que quand on se tord la cheville, c'est que quelque chose ne tourne pas rond. Qu'on n'arrive plus à faire face. Au turbin, comme sur une machine, sans cheville ouvrière, plus rien ne fonctionne.

La lune s'est levée. Les nuages dessinent des ombres sur les murs. Blanche s'endort, son Nikkormat posé contre sa joue, l'objectif braqué vers le plafond. Le robinet goutte toujours, martèle un air, presque une comptine qu'aurait pu lui chanter sa gouvernante. Blanche avait beaucoup de mal à s'endormir dans sa chambre d'enfant sur deux niveaux. À l'étage inférieur, des coussins, une bibliothèque de contes illustrés toute en longueur, des jeux de société auxquels elle ne jouait jamais et ses collections – cailloux, fèves, éventails, tous les bracelets cassés de sa mère. Deux marches plus haut, un lit à baldaquin et des poupées. Blanche les détestait toutes, surtout celles que lui offraient les invités lors de cocktails organisés en grande pompe. Elle les punissait, face contre terre, leur coupait les cheveux à ras, leur enfonçait des épingles à nourrice dans la paume des mains.

— Elle grandit trop vite, cette enfant, commentaient ses professeurs, déroutés par le comportement étrange de la petite fille.

Son corps a gardé les soubresauts de l'enfance. Blanche rêve d'une mer d'étoiles dans laquelle elle flotte à l'envers, oiseau à nageoires, le regard perdu dans les abysses. Suspendue au-dessus du monde, elle contemple la Terre. Mais l'eau en suspension peu à peu s'évapore et dégringole vers une grande ville, entre cimes enneigées et collines obscures. Au pied des gratte-ciel, Blanche distingue d'immenses parcs verdoyants, des villas. Voilà sa maison. Dans la piscine ovale en mosaïque, une femme fait des longueurs, à l'indienne et nue, un bonnet de bain en écailles argentées sur la tête, atteint les marches, émerge des flots. Ses mains ondoient comme le va-et-vient des vagues, rythmées par la musique qui s'échappe de la salle de réception, baies vitrées grandes ouvertes, *Pelléas et Mélisande* à tue-tête. Le corps ciselé de sa mère goutte et luit sous le soleil. Installée dans un fauteuil en osier Emmanuelle, une autre femme, enturbannée d'un foulard bistre, nue également. Blanche peine à reconnaître les traits de celle-ci. Il y a pourtant quelque chose de familier dans sa posture. Le visage de l'inconnue bascule lentement en arrière. Blanche se réveille. En nage.

Sur le cadran de son vieux réveil à quartz, quatre heures cinq. L'heure redoutable. Celle où les mécanismes s'enrayent. Où les écrous de la pensée se dévissent. Quatre heures cinq. L'heure du loup. L'instant où les menaces n'en finissent pas de peupler et de repeupler les mondes imaginaires. Quatre heures cinq. Plus aucun filtre ne vient apaiser les doutes, l'impensable, l'anxiété. La chair, les nerfs, l'inconscient sont à vif. De froides certitudes viennent entailler la nuit. Quatre heures cinq. L'heure blanche.

16

Dans l'intervalle nu de la nuit, avant les premières lueurs de l'aube, Blanche ne contrôle plus rien. La carte postale, toujours fixée sur la fenêtre, la nargue, semble lui chuchoter : *Alors, tu ne devines pas ?* Non. Elle ne devine pas. Le délitement des nuages dans la nuit cobalt brouille les pistes. Elle essaie de contrôler son souffle, de fixer la porte, le bureau, son ammonite, le réveil. Rien à faire. Elle a pourtant ses recettes pour contourner l'insomnie. N'y arrive pas. Toutes ses défenses tombent. Elle abdique, vacille, entre conscient et inconscient. Sommeille. Elle est assise à l'avant de l'Austin Mini décapotable de son enfance, à la place de la morte, comme la désigne sa mère en riant. Elle préférerait s'asseoir à l'arrière, mais la banquette est recouverte de sacs, de magazines, de clubs de golf. Elles sont encore en retard, la cloche de l'école va sonner. Il faut toujours que sa mère trouve quelque chose à faire au moment de partir. Un coup de fil à Paris, un dossier à relire, une réunion qui commence dans moins d'une heure, un ongle abîmé à limer, à revernir. Le cou ceint d'un foulard en soie sauvage, les mains tout juste posées sur le volant en cuir grenat, la Consule – tout le monde l'appelle ainsi, bien qu'elle ait quitté le ministère des Affaires étrangères – accélère, dépasse les véhicules trop lents, même sans visibilité. Pendant ce temps, Blanche compose des scoubidous en récitant ses leçons à voix basse. Pour ne pas déranger. Ils tombent parfois derrière le levier de vitesse. Ou à côté de la pédale d'accélération. Elle les regarde s'amonceler aux pieds de sa mère, qui ne les ramasse jamais. Elle a peur que les petites tresses en plastique ne se coincent sous le frein et ne provoquent un accident. Blanche n'ose rien dire. Elle craint une punition. Sévère.

Le petit jour a fait son apparition. Secrètement, son passé s'est creusé un passage et se déverse par la faille ouverte en elle. Elle ne lutte plus, se détache de sa peine. Se réveille, se rendort, s'extirpe de son inertie. Tant bien que mal, elle atteint la salle de bains, incline la tête sous le robinet, laisse couler l'eau fraîche sur son crâne, ses tempes, se redresse d'un mouvement brusque. Une multitude de gouttes vient tapisser la lucarne et le carrelage d'étoiles translucides.

Une fois habillée, elle récupère son téléphone pour écouter la radio. Il est six heures, elle fait glisser son doigt sur l'application, une fenêtre s'ouvre simultanément : « Vous avez un message. » Machinalement, elle s'installe à son bureau. C'est ici qu'elle détaille quotidiennement chacun de ses tirages avant de les glisser à nouveau dans leur pochette. Ici aussi que, assise sur son siège à bras Renaissance, Blanche se métamorphose en Cléo. Malgré son appréhension, elle clique sur le message, découvre d'abord la signature : « Mademoiselle. » Et ces mots : « Je voudrais te parler. C'est important. » Rien de plus. Son sang ne fait qu'un tour. Elle supprime le message. Vingt ans qu'elles ne se sont donné de nouvelles. Le journal débute à peine : « Les astronomes ne voient pas de lien entre les dernières éruptions et l'augmentation du nombre d'impacts d'astéroïdes. »

Le Petit Café, comme elle appelle le Thémis, va bientôt ouvrir ses portes. Blanche désigne souvent les lieux et les objets par l'adjectif petit ou petite : la petite place, la petite dame, le petit chemin. Une façon de se rassurer. De se relier, à sa manière, à ce qui l'entoure. Elle enfile une basket délacée et une chaussette épaisse sur son pied endolori et gonflé, descend une à une les marches, agrippée aux deux rampes de l'étroite cage d'escalier. La porte d'entrée du Polonais s'entrouvre. Il passe la tête, moustache en fer à cheval.

— Vous… vouloir aide ?

— Je me débrouille. Merci.

Au rez-de-chaussée, un type en costume trois pièces se glisse hors d'une des studettes louées à la petite semaine. Gêné, il voudrait filer à l'anglaise, se prend les pieds dans le paillasson. Blanche sort dans la rue derrière lui. Sur le trottoir, une dame âgée s'applique à donner des petits coups dans les roues bloquées de son Caddie. En râlant.

— Plus rien ne fonctionne et y'a plus d'saisons. C'est quoi, ces températures, alors qu'on sort de l'hiver !

Autour de la fontaine, décorée de fleurs et de feuilles de vigne, le patron du restaurant italien lave à grandes eaux les pavés.

— *Buongiorno*, damoiselle. On a glissé sur une peau de banane ?

Blanche détourne le regard, disparaît au coin de la rue de Montigny. Dissimulé sous une gouttière, un oiseau chante de manière étrange. Arrivée au Petit Café, elle s'installe en terrasse. Une jeune femme vient prendre la commande. Un café allongé et un croissant. Le serveur habituel n'est pas là. Pour la première fois, elle s'en fait la remarque. Les tables sont recouvertes d'une fine pellicule de cendre. Un groupe de passants scrute le ciel. *Est-il possible que cela arrive jusqu'ici ?* se demande-t-elle. *Qu'une éruption volcanique projette ses scories par-delà les frontières ?* Elle repose sa tasse, elle a la chair de poule, ne s'éternise pas.

Après quelques emplettes, picholines, chèvre frais, pain d'épice, elle se rend cahin-caha à la pharmacie, ressort avec une béquille, remonte la rue. Dans le hall de l'immeuble, l'odeur de renfermé la saisit aux tripes. Elle ouvre sa boîte aux lettres. Une publicité pour du mobilier de jardin, un avis de passage et une enveloppe. Semblable à la précédente. Le tampon postal est parfaitement lisible cette fois-ci. Santiago du Chili. La missive a été postée le 3 avril.

17

Les jours passent et les absences de Blanche au Thémis démoralisent Marcel. Si seulement il pouvait la faire réapparaître en un claquement de doigts. Mais l'illusion n'a de tangible que la crédulité d'un public. Qu'il n'a plus. Pour se consoler, il se la représente sur son deux-roues, élégante en toutes circonstances. Son scooter ! C'est ce qu'il doit retrouver. Si elle habite dans le quartier, cela ne devrait pas être trop difficile. Il termine son service à dix-huit heures et partira à sa recherche juste après. Cela le met en joie. Sa gaieté est communicative. Il arrive même à faire rire un couple de quadragénaires abbatus, d'une contrepèterie apprise dans *Pantagruel.* Rabelais, son mentor. Sa truculence l'a tant de fois remis en selle. Surtout les jours de passage à vide.

Toute la journée, il surveille l'heure. Le cuir de son bracelet est tellement usé qu'on dirait du carton bouilli. Marcel aime faire rouler le remontoir entre le pouce et l'index. Pour ne pas laisser le temps s'arrêter.

Et maintenir en vie la montre que son père lui a léguée. Lorsque l'après-midi tire à sa fin, il nettoie une dernière table, se glisse dans l'arrière-cuisine.

— Bonsoir tout le monde, à demain !

— N'oublie pas que tes horaires ont été modifiés. Tu commences à quinze heures. Et journées non-stop le week-end prochain. Toujours OK pour toi ?

— Bien sûr, Nestor, surtout n'hésitez pas à me rajouter des heures. Je suis preneur.

— T'es un drôle. Personne ne veut bosser ici, et, toi, t'en veux toujours plus. Je ne sais pas comment ils sont, les autres de ton pays, en tout cas, moi, ça me va !

Une fois dehors, Marcel commence son investigation. D'abord, le tour de la place, le parvis de la Madeleine, le palais de justice et ses huit colonnes. Huit, un bon chiffre. Celui de la transformation. Derrière l'obélisque coiffé d'un globe pris dans les serres d'un aigle, il remonte la rue Mignet, bifurque rue de Montigny jusqu'à la place des Trois-Ormeaux, sa préférée. En été, des bouteilles de rosé sont disposées dans des seaux à champagne sur le rebord de la fontaine. Il tourne à gauche, rue Jaubert, retourne sur la place des Prêcheurs par la rue Rifle-Rafle, *quel drôle de nom*. Toujours pas de scooter en vue. Petite rue Saint-Jean, rue Thiers, rien à l'horizon. Le ciel vire au lilas, des volets s'entrouvrent, il tourne en rond. Sous une horloge datée de 1833, une dame automate s'apprête à taper sur la cloche du bout de sa canne, mais le temps s'est arrêté et les aiguilles se sont figées sur midi trois, *ou minuit trois*, hésite-t-il. Juste en dessous, un homme, casquette à l'envers, tourne le dos à la place. On dirait qu'il prie face au mur. Marcel se souvient que son père cachait sous son lit une besace remplie de livres sacrés.

— Ne crois qu'en toi, lui répétait-il. Instruis-toi, lis les textes, comprends-les, puis fuis-les. Tout ça n'est que balivernes, ce qui compte, c'est le souffle. Ton souffle.

Marcel prend une grande inspiration, s'engage dans la rue Portalis. Deux blondes platines, seize ans à peine, le frôlent en babillant. Toujours rien. Il aura bientôt parcouru toutes les rues autour du tribunal. Alors qu'il s'engage dans une ruelle, il le reconnaît. Sous le micocoulier. Garde-boue chromé, selle beige. Le scooter de Blanche.

18

Marcel a lu que la lumière du soleil mettait huit minutes à arriver jusqu'à nous. Celle de la lune, une seconde. Le présent n'existe pas. Seule notre conscience existe, cette relation immédiate que nous établissons avec le monde et avec nous-mêmes. Nous vivons en retard. Il y a toujours un décalage. Ce constat lui plaît. Tout apparaît, disparaît, s'enfuit, rien de grave. Pas de désillusion pour Marcel, il en a pris le contre-pied par ses tours de magie et son appréciation enjouée de la vie.

La première fois qu'il leurre son père, il a sept ans.

— Pater, petit papa Pater, pose un caillou dans la paume de ma main droite et pense à un mot.

— Je n'ai pas le temps et ma tête est encombrée.

— Papa Pater, s'il te plaît…

— Bon, alors vite. Voilà pour le caillou.

— Pense à un mot… Surtout ne me dis rien !

— Tu me fatigues.

— Tu vois le caillou ? Maintenant je ferme la main. Tu ne le vois plus.

— Tu te fiches de moi, Marcel ?

— Regarde bien, j'ouvre mes doigts…

— Bon sang, où est le caillou ?

— Attends… Laisse-moi deviner ton mot.

— Impossible que tu trouves, bonhomme. Dépêche-toi, je dois retourner dans le bois.

— Pater. Petit papa Pater, ton mot commence et se termine par deux lettres proches l'une de l'autre. Quelque part entre la sixième et la neuvième lettre de l'alphabet.

Son père lui tourne le dos, prêt à s'éloigner.

— Ton mot. Je ne sais pas s'il existe. Mais ton mot est « iceberg ».

— Bon sang ! Comment as-tu fait ?

— C'est comme ça, Pater. C'est comme ça. Tu peux me dire maintenant ce que signifie ce mot, « iceberg » ?

— Commence donc par lire le poème du Français, tu le trouveras dans le haut de la bibliothèque. « Icebergs, sans garde-fou, sans ceinture, où de vieux cormorans abattus[…] » Michaux, un homme libre. Allez, il faut que je file, j'ai un are d'arbres à abattre. Bon sang ! Tu m'en bouches un coin, gamin.

Dès lors, la cour de l'école devient son petit théâtre, il s'amuse à lire dans les pensées, à affiner ses astuces et son habileté. Jusqu'à ce que le maître d'école lui interdise de faire le sorcier.

— Tu arrêtes immédiatement ou je te fous à la porte de cet établissement.

Marcel se soumet, pas question d'être renvoyé, de s'attirer les foudres de son père, d'arrêter d'apprendre, malgré l'insistance de ses camarades d'école.

— Si vous voulez, on se retrouve jeudi prochain après les cours, dans la clairière, près du chemin de l'Ange.

Un jeudi suivi de dizaines d'autres jeudis. Un jour pas comme les autres dorénavant pour la poignée d'enfants adeptes. Le jeudini, comme ils l'ont baptisé, après avoir découvert l'incroyable histoire de l'illusionniste Harry Houdini, capable de faire disparaître un éléphant.

— Houuuudiiiniii, chuchotent-ils d'une seule voix pour conjurer le sort en traversant la forêt après le spectacle de Marcel.

— Houuudiiinii, pour se faire peur aussi.

Encore plus peur.

Mais, après le lycée, tout ce petit monde part à l'université. Excepté Marcel.

— Je suis désolé, fils. Je n'ai pas réussi à mettre un sou de côté pour tes études. Si j'avais su faire autre chose que couper du bois… Tu devrais partir. Va travailler dans une grande ville, continue à apprendre, débrouille-toi, deviens un homme instruit.

Mais, pour rien au monde, Marcel n'abandonnerait son père.

— Je reste près de toi. Je n'ai pas terminé de lire tous tes livres.

Seul, il bâtit un cabanon, à une centaine de mètres de chez eux, en plein milieu de la forêt, s'installe là. Le jour de ses dix-huit ans, il invite les habitants d'un village voisin à venir découvrir sa création. Une représentation où il fait disparaître et réapparaître un spectateur entre ses quatre murs tendus de vieux tapis, récupérés ici et là. Sa réputation s'étend bien vite. À partir de ce moment, son public vient de plusieurs kilomètres à la ronde, donne quelques pièces en fonction de ses moyens. Marcel s'enrichit, non pas de monnaie sonnante et trébuchante, mais de joies, d'instants volés, où tous, ensemble, son public et lui, se sentent unis et plus forts que les injustices et la dureté du quotidien. Où chacun se laisse emporter par la fantaisie, la chimère.

Jusqu'aux premières échauffourées, suivies d'assassinats. Jusqu'à la déclaration d'état de guerre et le meurtre de son père. La brutalité de la réalité fait voler en éclats tous les rêves. La cruauté impose son joug. La suite, Marcel en est encore habité, mais il est parvenu à trouver un souffle dans les abîmes, un regard plus vrai dans les nœuds de la vermine. Un regain au cœur des ruines.

— Houuudiiiniii !

Le souvenir ravivé de la mélopée adolescente le fait rire. Marcel aimerait savoir ce qu'est devenue sa bande. Il aimerait bien aussi que la jeune femme sorte d'un des immeubles. En vain.

19

Blanche a beau se hisser sur les vieux bottins dont elle se sert pour caler son bureau, impossible d'apercevoir la Sainte-Victoire. L'immeuble d'en face grimpe trop haut dans le ciel. Rester patiente. Une gageure pour Blanche que la montagne ne cesse d'attirer à elle. Elle a décidé de ne plus sortir jusqu'à ce qu'elle puisse à nouveau marcher sans difficulté. Entre-temps, elle jongle entre ses clients au téléphone, le ménage, astique, range, se fait livrer pizzas, sushis, vide ses dernières réserves de nourriture, s'évertue à tuer le temps. Depuis le jour où elle a abandonné ses études, elle ne lit plus, déteste le cinéma, craint que les films ne la fichent par terre, ne viennent réveiller de pernicieuses émotions. Alors, elle trie, réorganise, classe ses photographies, tourne autour de ses pensées, ouvre enfin la seconde lettre laissée de côté.

Une nouvelle carte postale. D'un côté, le reflet d'un couple de danseurs sur un trottoir mouillé, de l'autre, un nouveau texte, sommaire, toujours tapé à la machine : « Te retrouver, Blanche. » C'est tout. *Non.* Elle le répète plusieurs fois. Tout haut. *Non.* Le désespoir la guette. De cela non plus, elle ne veut pas. Plus jamais. Seulement, elle ne peut pas sauter sur son scooter, aller se perdre dans la roche. Il va falloir faire autrement. Elle se laisse tomber sur son canapé-lit, brandit son pied en l'air, comme pour défier un ennemi invisible, regarde en direction de la fenêtre. Une poignée de corbeaux en vol vers le nord. Elle récupère la statuette brisée en deux, hésite à la recoller. À l'envers ? À l'endroit ? Opte pour la raison, dépose deux gouttes de colle forte au-dessus de la taille. Autant remettre les choses en ordre.

Elle saisit son téléphone de la main gauche, tapote sur l'écran, au même moment, un nouveau message apparaît : « Je suis désolée d'insister, Blanche. Recontacte-moi. » Répondre ? Se débarrasser du doute ? Blanche se jette à l'eau, se met à taper : « J'ai bien reçu vos SMS. » Hésite : « Et vos cartes postales. Comment m'avez-vous retrouvée ? » Son visage est brûlant, elle a l'impression de rétrécir, de retourner en enfance, mains pleines d'égratignures, maux de ventre qui l'agrippent à la tombée de la nuit. La voix de Mademoiselle, langoureuse et ferme tout à la fois, lui revient.

— Blanche, rentre à la maison, il fait noir, je n'aperçois plus le fond du jardin. Qu'est-ce que tu fabriques encore ? Ta maman devrait bientôt rentrer. J'ai fait couler ton bain.

À califourchon sur la première branche de l'arbre qui pleure, Blanche a ses habitudes. Dos au tronc, elle regarde en l'air, la lune, les premières étoiles à travers les branchages. Lorsqu'elle traverse le parc, dans la pénombre, les lucioles virevoltent. Ce soir, elle s'endormira, encore une fois, sans avoir vu sa mère.

La réponse ne se fait pas attendre. « Je suis heureuse que tu me répondes. Je t'expliquerai tout. Quand pourrais-tu venir ? Bien évidemment, je te ferai parvenir un billet d'avion. Peux-tu me donner ton adresse ? Pour les cartes postales, il ne s'agit pas de moi. »

La voici reliée au passé. Elle revoit Mademoiselle, à l'aéroport, le dernier jour, en larmes, la femme de l'ambassadeur, en retrait, et elle, sa petite valise de cabine bleu pâle à la main, anéantie, perdue. Elle quitte son pays, sa maison, sa vie. Demain, elle sera en France. Mère-grand l'attend là-bas. Mère-grand qui vient une fois par an les voir outre-Atlantique. Mère-grand qu'elle n'aime pas.

Blanche ne peut plus se voiler la face. Le monde qui l'entoure remue, la rappelle à son histoire, la secoue. La Terre aussi tente de le lui dire, craquelle sa carapace. Quelque chose est en train d'advenir. Sous la croûte terrestre, à la surface de la planète. Elle sait qu'elle ne peut plus faire machine arrière, inspire, répond : « À la fin du mois, si vous voulez. » Le mystère des cartes postales quant à lui reste entier. Elle glisse la seconde carte dans le cadre de la fenêtre, au-dessus de la première. La lumière déclinante force l'épaisseur du papier cartonné. Elle expire.

Dans la kitchenette, elle saisit une paire de ciseaux, le pouce et l'index glissés dans les loupes ourlées de cuir, découpe deux guirlandes de personnages dans les enveloppes. Ici, des fragments de son adresse, un bout du tampon postal, là, le mot « Chili » dans une tête et son prénom le long d'une jambe. Elle scotche ensuite les arcanes de cette nébuleuse sur la vitre, ouvre en grand les battants. La température extérieure a chuté. Blanche, elle, meurt de chaud. Et de sommeil.

Deux chiens aboient, habillent le silence. La nuit s'engouffre par la fenêtre, se répand sur les quelques meubles et les objets alignés à égale distance sur les étagères. Dans un cadre en argent, une photo en noir et blanc. Sa mère à vingt ans, sourire et coiffure impeccables, robe-bustier en tutu d'organza resserrée à la taille. Appuyée sur le couvercle du clavier d'un piano droit, elle prend la pose. Celle-ci lui a raconté plus d'une fois sa première sortie. Un ami polytechnicien l'attendait en bas de l'immeuble pour l'amener au bal de l'X. Madeleine raffolait de ces soirées de prestige où dignitaires français, étrangers, personnalités et hauts fonctionnaires l'invitaient à danser, se surveillaient du coin de l'œil pour être les premiers à lui proposer une coupe de champagne, lui présenter un ami d'enfance ou encore un grand nom de la sphère politique, scientifique, culturelle.

— Je serais honoré de vous inviter à dîner. M'accompagneriez-vous à l'opéra ? Aimez-vous Benjamin Britten ?

Malgré son acharnement à tout vouloir oublier, Blanche se souvient de chaque chose, n'a rien effacé. Ni ses dix premières années au Chili, ni les détails qui faisaient de sa mère une femme singulière. Elle se rappelle son odeur, ses intonations, les drôles de phrases lancées au hasard. Mais était-ce un hasard ? Elle était fascinée par les extravagances de sa mère. Son impénétrabilité. Jamais elle n'aurait osé se blottir dans ses bras, pleurer devant elle, revenir de l'école avec une mauvaise note, se présenter au petit-déjeuner décoiffée, lui demander si elle pouvait aller faire pipi. Jamais. Devant elle, Blanche était aussi parfaite que ces communiantes d'images bordées d'un liseré doré. Aussi transparente qu'un fantôme.

La nuit glisse sur son corps alangui. Elle tressaille, gémit, toute frêle qu'elle est. Elle a mal, à la cheville, à l'âme. Et ses pensées virevoltent au-dessus de la

Sainte-Victoire, cernée par les hirondelles. Déliée de son corps, Blanche plane, se laisse porter par le vent, aperçoit d'autres massifs, lointains, le scintillement d'une Méditerranée cendrée. Comme ses yeux. Elle dort, couchée sur son divan, le visage offert aux lueurs de l'aube, la main droite suspendue au-dessus du parquet, paume offerte, son poignet bleui de veines apparentes, barré d'une cicatrice boursouflée.

20

Le billet d'avion lui parvient par courrier recommandé. Elle s'envolera de Paris-Charles de Gaulle le 3 mai. Mademoiselle s'est chargée de tout, sans donner de détails. Blanche sait seulement qu'elle l'attendra à l'aéroport. Il lui reste près de trois semaines pour se préparer, amorcer le virage. Passer de la claustration à l'altérité. Faire sauter le couvercle. Vingt ans après, effectuer le voyage à l'envers. Elle voudrait refermer la brèche, sait qu'elle ne peut y échapper. Quoi qu'elle intente. Son passé la rattrape.

Pendant treize jours, Blanche ne sort pas. Assignée à résidence. Le calme avant la tempête. Chaque minute s'écoule comme l'eau d'une clepsydre. Au début, l'ennui l'étouffe, mais une agitation, inéprouvée jusque-là, l'envahit peu à peu. Les heures se rétractent, instaurent un nouveau rythme au travail latent qui s'élabore. C'est le temps de la gestation. Nuits hachurées, divagations. Son Nikkormat est posé sur l'étagère. Cléo travaille d'arrache-pied. Blanche gonfle son compte en banque. Du jour au lendemain, elle décide de retirer sa chevillière. Elle n'a plus mal. C'est le moment de mettre son pied à l'épreuve. De se préparer à partir outre-Atlantique.

Elle descend l'escalier, ouvre la boîte aux lettres, presque excitée – elle qui ne recevait jusque-là que factures et offres d'abonnements. Au milieu d'un tas de prospectus, une nouvelle enveloppe. Elle la déchire sans plus tarder. Sur la carte postale, un plateau désertique et un volcan, coiffé d'une nuée blanche. Au verso, juste une légende : « Volcán Láscar, Atacama. » Pas de message. Elle retourne la carte plusieurs fois. Quel lien entre Louise Brooks, les danseurs, le volcan en activité ? Impossible pour elle d'assembler les pièces du puzzle. Plus intriguée qu'exaspérée, elle sort.

Cours Mirabeau, elle entre dans une librairie, la première fois depuis des années, se dirige spontanément vers la littérature sud-américaine, à la lettre G, comme García Márquez, saisit un volume, l'ouvre au hasard. « Balthazar la suspendit à l'auvent, machinalement, et quand il eut fini de déjeuner on racontait déjà partout que c'était la cage la plus belle du monde. » Quelques mots à peine, la voilà troublée. Les romans, les fictions, l'affectent trop, sa propre histoire lui suffit. Elle repose l'ouvrage, quitte les lieux, court se réfugier au Petit Café. Elle a froid, le ciel s'est chargé de nuages, elle s'installe à l'intérieur, sans un regard pour le barman.

— Un verre de puligny s'il vous plaît.

Calée dans un coin, col roulé remonté sur son nez, elle glisse ses mains sous son tee-shirt, fixe la place déserte. Un enfant joue dans le caniveau. Une femme surgit, sa mère sans doute, le secoue, le gifle. Obtempérer. Le mot résonne en elle. Le serveur s'est penché au-dessus de son épaule. Il pose le verre de vin sur la table. Avec délicatesse. En se retirant, sa main effleure le bras de Blanche. Elle pense : *Cet homme sent la noix.*

Près d'elle, apparaissent soudain, sur le mur défraîchi, des ailes de papillon. Plaqué sur la paroi, l'insecte semble ramper, chercher une issue. Blanche fixe ses écailles, sa symétrie, son extrême fragilité, ne fait pas un geste, surtout ne pas l'effrayer. Elle tourne la tête, aperçoit deux paumes ouvertes en éventail derrière le comptoir, que de longs doigts agitent. Deux mains cuivrées qui jouent avec la lumière jaune d'une lampe posée sur le zinc et dont les ombres sont projetées à côté d'elle. Les mains de Marcel.

— J'ai presque cru qu'il était réel.

— Ça vous a plu ? Chez les Aztèques, on dit que le papillon est le symbole de l'âme. Au Japon, l'emblème de la femme.

L'air est chargé de particules de poussière. Les radiateurs électriques diffusent une chaleur sèche, irritante. Des casseroles s'entrechoquent dans l'office. Blanche et Marcel sont seuls dans la salle. Tournés l'un vers l'autre.

— Je vous règle le puligny, lâche-t-elle subitement.

— Vous ne l'avez pas encore bu.

— Il faut que j'y aille.

Elle recule sur sa chaise, manque de renverser le verre de vin, pose dix euros sur le comptoir, s'enfuit. Juste avant qu'elle ne sorte, Marcel dessine du bout de l'index une spirale au-dessus de sa tête. Il songe : *Cette femme sent le feu.*

21

Sur la devanture du kiosque, les unes des journaux affichent les mêmes images, volcans en irruption, visages affolés. Blanche détourne la tête, rentre chez elle, coince la clé dans la serrure. D'un coup d'épaule sur le chambranle, débloque le système. Elle n'a jamais été aussi brutale. La porte claque, la statuette recollée tombe une nouvelle fois de l'étagère, se brise. En mille morceaux.

— Cette fois-ci, ça suffit, souffle-t-elle, en ramassant les débris, qu'elle jette à la poubelle.

Elle ouvre le tiroir de son bureau, saisit un dossier. Sur l'étiquette, une inscription : « estafilades ». À l'intérieur, une sélection de photographies, fissures, cassures, spirales, cicatrices, alignement de brèches, qu'elle contemple, jusqu'à se fondre en elles.

La clochette de son ordinateur la ramène sur terre. Un client, c'est pour tout de suite. Elle s'était dit *pas aujourd'hui*, mais elle s'exécute.

— Donnez-moi cinq minutes…

— Oui, *bella*, répond l'homme à l'accent romain. Je rappelle à quarante-cinq.

Elle enfile sa robe coquelicot, lance sa playlist, glisse une bergamote entre ses lèvres, *je suis Cléo*, s'intime-t-elle, met ses écouteurs. L'appel entre.

— Alors petite, prête ? lui lance le client essoufflé. Mets-toi à quatre pattes.

— C'est fait, peine-t-elle à murmurer.

— Bêle, maintenant ! Bêle, je te dis !

Une salve de désirs orduriers, d'injures, s'ensuit. Elle reste interdite. Jamais un client n'avait osé lui proférer de telles ignominies, dépasser de telles limites. C'en est trop, elle en a par-dessus la tête, elle explose.

— Espèce de salaud !

Coupe court, se déconnecte, balance les écouteurs par terre, *comment ai-je pu m'infliger cela ?*, crache, se gifle, cogne sur les coussins de son divan, tire de toutes ses forces sur sa robe, la déchire, attrape les ciseaux, coupe, encore et encore, jusqu'à ce qu'il ne reste plus qu'un tas de bouts d'étoffe, qu'elle jette dans son bac de douche et asperge d'alcool à brûler. Elle ne sait plus où elle a mis la boîte d'allumettes, la retrouve dans un saladier, met le feu aux lambeaux qui s'embrasent. Blanche regarde la combustion, jusqu'aux dernières incandescences. Son ventre se dénoue, ses muscles se détendent. Elle rouvre les persiennes, le soleil s'engouffre. Elle clique alors sur sa playlist, fait glisser la souris sur « supprimer », efface la totalité de la bande musicale, crie :

— Cleeeooo !

Pointe l'index et le majeur sur sa tempe, hurle :

— Bang !

C'en est fini, plus jamais elle ne se donnera virtuellement. À qui que ce soit. Elle laisse cela aux autres.

Une odeur de peinture fraîche monte de la cour, elle se penche. En contrebas, le Polonais est en train de repeindre le garde-corps de son balcon. Alignés sur un fil tendu à sa fenêtre, les torchons de la voisine d'en face sèchent. Le crave à bec rouge vient de s'y poser. Elle lui fait un clin d'œil, retourne dans la salle de bains. Le miroir lui renvoie son carré, d'une précision presque surfaite, sa frange impertinente, l'arc de ses sourcils, blond et épais.

Un quart d'heure plus tard, elle démarre son scooter, s'éloigne. Les rues accueillent son passage d'un silence religieux. Dans quelques heures, la nuit recouvrira la roche. Elle est pressée d'atteindre sa montagne.

Elle a glissé dans sa besace les trois cartes postales anonymes, son billet d'avion et son Nikkormat aussi. Sa nouvelle vie. Au loin, dans les teintes rougeoyantes de l'après-midi, la Sainte-Victoire s'étire. Enveloppée d'un bourdonnement de mouches et d'abeilles.

22

Du côté de Saint-Antonin, Marcel pédale à tout-va. Il a aperçu Blanche s'éloigner sur son scooter. Voilà une bonne heure qu'il roule dans son sillage. Noué autour de son cou, son pull-over flotte au vent, tel un étendard. Haut dans le ciel, une armée d'oies sauvages l'accompagne. *Fulminoro pepsidoro entraveydiasaku metriclavole.* Marcel répète sa formule magique. Une combinaison de syllabes curieuses dotée de pouvoirs surnaturels. Il accélère et son visage brunit avec l'effort. Au parking des Deux-Aiguilles, il aperçoit le scooter, freine, dérape, s'étale sur le gravier. Inutile de courir, il va l'attendre. Les poings glissés sous son crâne, allongé au pied d'un pin, il regarde passer joggeurs du soir, mères de famille pressées de rentrer faire couler un bain, ados rêveurs, un joint ou une bière à la main. Avec de tout petits battements d'ailes, un rapace fait du sur-place au-dessus du maquis, fond sur une proie indiscernable. La lumière faiblit, le calme s'installe, Marcel s'assoupit.

Lorsqu'il rouvre les yeux, Blanche se tient devant lui.

— Vous me suivez ?

Marcel passe les doigts dans ses cheveux, fait mine de regarder au loin.

— Pourquoi faites-vous cela ?

Porté par la bourrasque, un coup de feu retentit à l'ouest. Puis, un second. Blanche se raidit.

— N'ayez pas peur, tente de la rassurer le jeune homme.

Mains dans les poches, elle fixe Marcel, soucieuse. Il continue :

— Connaissez-vous cette nouvelle de Maupassant où deux passagers à bord d'un train imaginent toutes les peurs que l'on peut rencontrer dans l'existence ? Des peurs invisibles, sauvages, sans fondement. Où le fantastique joue avec les ombres. Où les inconnues fricotent avec l'imagination. On n'a vraiment peur que de ce qu'on ne comprend pas.

Blanche se détend. Des brousailles surgit le chasseur, deux bécasses à la main, suivi de son chien boiteux, à la traîne.

— Ça alors ! Déjà de retour, jeune dame ? Vous ne lui résistez pas, vous non plus, à Sa Majesté la montagne. Comment va la gambette ?

Marcel s'est appuyé contre l'arbre, jambes croisées.

— Bien, bien, bien ! Je vois que vous êtes entre de bonnes mains. Alors, j'y vais ! *Carpe diem*, la miss. Et surtout, pas un mot sur le gibier…

La camionnette du chasseur disparaît en pétaradant. Marcel reprend :

— Vous m'accompagnez ?

Blanche regarde autour d'elle. Un enchevêtrement de verts sombres. D'infimes cendres portées par la brise se sont déposées sur ses épaules et ses bras.

— Je ne comprends pas.

— Si vous n'êtes pas trop fatiguée, on pourrait marcher un peu ensemble.

Elle se rappelle Mélisande égarée dans la forêt. La jeune héroïne est penchée au-dessus d'une fontaine, entourée d'arbres en carton-pâte. Apparaît Golaud, elle tressaille. « Ne me touchez pas, ne me touchez pas… » Il tente de la rassurer : « N'ayez pas peur, quelqu'un vous a-t-il fait du mal ? » Blanche est à l'opéra. C'est sa première sortie avec Yossef. Dès les premières notes, hypnotiques, la longue main de son amant enveloppe la sienne, brûlante. Son haleine végétale la dérobe à elle-même.

— Un peu de menthe sauvage ?

Blanche sursaute. Marcel lui dépose une feuille émeraude dans la main.

— Que voulez-vous que j'en fasse ?

— Glissez-la entre la langue et le palais. Laissez-la se décomposer. Elle est pleine de vertus.

Le pétiole niché à la commissure des lèvres, elle rejoint Marcel, malgré son appréhension. Posée sur une souche, une grive les regarde enjamber la haie.

23

Sans un mot, ils s'éloignent à travers champs. Le ronflement lointain des voitures les accompagne. Parfois, le vrombissement d'une moto sur la départementale.

— Vous aimez la mer ?

Blanche se tourne vers Marcel.

— Je ne sais pas… Je ne sais même pas ce que je suis en train de faire, là, avec vous.

Malgré son trouble, elle ébauche un sourire.

— Et la Méditerranée est bien trop éloignée pour que nous puissions y aller à pied.

Ils continuent pourtant d'avancer, sans relâche, traversent Peynier, Roquevaire, Aubagne, Roquefort-la-Bedoule, bifurquent sur des chemins boueux, des routes goudronnées, franchissent collines, hameaux, lande, forêt. Leurs pieds épousent chaque motte de terre, chaque dénivelé, chaque irrégularité. Dans les ténèbres, Blanche cherche une lueur, un horizon.

— Comment vous appelez-vous ? ose Marcel.

Blanche repense à Yossef. À l'instant magique où il lui a demandé son nom. Ses pensées se hâtent. Du bout des doigts, elle caresse les cartes postales dans sa sacoche. Mais Marcel attrape sa main, la ramène à d'autres souvenirs. Qui lui déchirent le cœur. Elle grimace, se voûte. Marcel voit tout, n'interfère pas dans l'ouragan intérieur de Blanche, reste attentif, prêt à la secourir. Il mène la cadence. Elle se laisse entraîner. Perdue dans ses pensées, elle se souvient. La disparition de Yossef, les cachets, l'entaille au poignet, la chambre d'hôpital. Abandonnée, malgré les belles déclarations essaimées au gré de leur histoire d'amour.

— Je suis à toi. Je t'aimais déjà. Avant. Depuis la nuit des temps. Où étais-tu ? Je t'ai tant cherchée. Je t'aime, je t'aimerai. À l'infini.

Et puis, plus rien. Elle s'écroule. On lui injecte toutes sortes de sédatifs, de psychotropes, au compte-gouttes. Dans sa tête, il y a le vide, un son invariable et plat. Chaque jour, un psychiatre, chemise Lacoste fuchsia et menton rasé de près, la reçoit dans son grand bureau. Avec sa tête de premier de la classe, il a toujours l'air pressé.

— Il va falloir parler, mademoiselle ! Si vous ne parlez pas, nous devrons prendre des mesures. Nous avons les moyens de dresser un cheval fou comme vous.

Mère-grand fait le déplacement à Paris.

— Maintenant tu te ressaisis, tu reprends tes études. Tu me fais honte avec tes lamentations. Décidément. Qu'ai-je fait au bon Dieu pour avoir subi ta mère, Dieu ait son âme, et toi maintenant ! Allez, du nerf ! J'ai déjà parlé de toi à mes amis du Quai d'Orsay. À toi de prendre la relève, de redorer le blason familial.

Elle dépose un livre sur sa table de chevet. *Une jeunesse gâchée.*

— Prends-en de la graine !

Disparaît aussi vite qu'elle est arrivée. Le curé de la paroisse voisine lui rend visite.

— Il faut croire, petite demoiselle. Dieu est miséricordieux, il saura vous montrer la voie.

Blanche se tait, fait mine de reprendre les rênes, guérit, signe une décharge. Elle ne parlera pas. *Allez au diable !* C'en est fini, elle ne poursuivra pas ses études à Ulm. Elle quitte l'hôpital, suit la rue du Faubourg-Saint-Antoine jusqu'à la Bastille, contourne le Génie de la Liberté, juché sur une jambe, sexe offert au vent, s'engouffre dans la rue de Lyon jusqu'à la gare, saute dans le premier TGV en direction de Marseille. Mère-grand pourra bien, à son corps défendant, l'accueillir quelques jours. Pendant tout le voyage qui l'éloigne de Paris, son regard reste rivé sur les paysages qui défilent, jusqu'à ce qu'apparaisse au loin la Sainte-Victoire, son crâne animal enfoui dans l'azur. Elle est saisie. Elle bondit hors du train à la gare d'Aix-TGV, au milieu de nulle part, monte dans une navette qui la conduit au cœur de la ville. Elle va trouver une solution, s'inventer une vie. C'en est fini. Elle tourne la page. Ne reverra plus jamais Mère-grand, qu'elle ne prévient pas, ni Yossef, ni personne.

Blanche soupire. Marcel donne une nouvelle pression sur sa main. Lorsqu'ils atteignent Figuerolles, il est sept heures. L'eau lèche les galets. Le clapotis cristallin résonne dans la crique. Douze heures durant, ils ont avancé, main dans la main, portés par une vigueur prodigieuse. Comme un acte de résistance. Un défi à l'épuisement, aux limites. À l'irrémédiable. Un pas devant l'autre, solitudes jointes, seconde après seconde. Marcher à tout rompre. Sans hâte. Sans halte. Fouler la terre, la pierre, le macadam, les herbes folles. En silence. Jusqu'au petit matin. Alors, elle le lui dit.

— Je m'appelle Blanche.

24

Assis sur un promontoire, ils fixent un bateau de pêcheurs sur les flots lisses. Leurs pieds couverts d'ampoules trempent dans l'eau fraîche. Des bouées orange et rouge dansent avec le ressac. Leurs voix entament la tranquillité du petit matin. Ils se tutoient enfin.

— Qui es-tu, Blanche ?

— Qui suis-je ? Un radeau, peut-être.

— Pour moi, Blanche, tu es la lumière.

Ils ont mal aux cuisses, aux genoux, aux talons, se sont déchaussés. Un goéland se déplace piteusement sur l'îlot escarpé d'où bientôt de jeunes casse-cou viendront faire de hasardeux plongeons. La tache sanguinolente sous le bec de l'oiseau intrigue Blanche. Coincée dans des algues, une bouteille en plastique se soulève avec le mouvement de la houle naissante. Marcel se lève pour tenter de l'attraper, tend la jambe, l'agrippe du bout des orteils. Pas de poubelle en vue, il l'écrase et l'enfonce dans une de ses poches, en revenant s'asseoir à côté de Blanche. Il a soif et une faim terrible. La falaise renvoie les prémices ensoleillées qui irradient à l'est, ça sent les pins maritimes, le genévrier, le romarin. Avec un curieux goût de métal dans la bouche, Blanche lui demande, le regard dans le vide :

— Et toi, comment t'appelles-tu ?

Elle s'attarde sur son front bombé, son grand nez, sa barbe naissante, ses longs cheveux répandus comme du lierre sur ses épaules, embrasse le paysage alentour, s'étire, se détend. Malgré leur longue marche, malgré sa cheville à nouveau douloureuse, les courbatures et l'épuisement, ses muscles se relâchent. Elle s'allonge sur le rocher tiédi, engourdie.

— Marcel… C'est beau, Marcel.

Les yeux mi-clos, elle laisse traîner le *l*, la langue à moitié enroulée contre ses incisives. Comme Anita Ekberg, errant dans la nuit romaine, un chaton blanc lové dans sa blondeur, roucoulant un langoureux « Marcello » puis son inimitable « where are you ». Marcel se penche sur Blanche, étend son ombre sur son corps alangui. Il approche son haleine de la sienne. Elle a le ventre vide et dur, une boule de feu dans l'abdomen. Il sent encore et toujours la noix. Elle sourit en repensant à sa peur enfantine. Une drôle d'histoire racontée par sa mère alors que Blanche vient de lui demander comment on fait les bébés.

— Tu feras bien attention à ne jamais avaler une noix entière. Ne mets dans ta bouche que les cerneaux ou ce serait la catastrophe. Ne baisse jamais la garde, ma fille, ou tu te retrouverais enceinte sans même t'en rendre compte.

Blanche s'est longtemps demandé s'il était possible d'avaler une noix entière, avec la coque et tout le reste. Elle a toujours gardé cette frayeur, une appréhension irraisonnée, certes, mais qui sait, puisque sa mère l'a dit. Elle ne bouge pas, perçoit avec précision la différence de température entre l'ombre de Marcel et les parties de son corps exposées au soleil, entre ses lèvres bientôt recouvertes par celles du jeune homme et le brasier qui rend douloureux son bas-ventre. Blanche se sent comme avalée par la pierre. Elle entrouvre la bouche et la langue de Marcel accoste la sienne, la berce, l'entraîne dans une danse insensée, se fond en elle. *Comme c'est bon*, se dit-elle, avec une folle envie de rire.

— Que se passe-t-il, Blanche?

La jeune femme s'est redressée d'un coup. Marcel la contemple. *Une beauté étrange*, pense-t-il. *Tout en elle est parfait et à la fois totalement déglingué*. Un sentiment étourdissant le submerge. Elle a l'air d'une étudiante avec sa sacoche en bandoulière, dont elle extrait un appareil photo. Le pouce et l'index enroulés autour de l'objectif, elle modifie l'ouverture, la vitesse d'obturation, se tourne vers Marcel, cadre la cicatrice sur sa pommette. Une entaille en arc de cercle jusqu'à la naissance de l'oreille. Il la laisse faire, écarte une mèche rebelle. Masquée par son Nikkormat, elle ausculte la balafre, ses aspérités, les irrégularités de la carnation, s'insinue dans les vallons, les boursouflures, les coutures. Blanche s'approprie le chagrin de sa peau, la déchirure, appuie sur le déclencheur.

— Tu sais, Blanche, si on pouvait traduire ce que nous disent les marques et les blessures, on aurait les réponses qui nous manquent.

Il lui tend le bouchon de l'objectif ramassé sur le sentier de la Sainte-Victoire, conservé précieusement dans sa poche. Surprise, sans poser de questions, elle remet le cache sur l'appareil photo, se rappelle à l'ordre, « prends garde à toi ». Marcel cueille une rasade d'eau de mer dans la paume de sa main, asperge son visage, ramasse ses cheveux en arrière. Le mistral se lève.

— Pas bon pour les incendies, soupire-t-il, en lui caressant l'épaule. Allons voir les horaires des cars. Je dois être rentré pour mon service en début d'après-midi.

Blanche lui emboîte le pas sur la sente inégale. Elle n'a plus qu'une idée en tête. Rentrer. Au plus vite. Et retrouver le fil. Dans quelques jours, elle doit être à l'aéroport. À Paris.

25

Le car est encore à l'arrêt. Blanche s'endort, la tête appuyée sur la vitre. Elle a les deux mains plongées entre les cuisses, la bouche entrouverte. Marcel approche délicatement son doigt, sent son souffle tiède aller et venir. Elle a encore quelques chose d'une enfant, malgré ses petites rides au coin des yeux. Sa poitrine se soulève en cadence sous son tee-shirt. Le col en V laisse apparaître la naissance de ses seins, elle en a si peu. Marcel la détaille. Pas un bijou, ni autour du cou, ni au poignet. Elle paraît si fragile. Il s'abandonne à son tour sur son siège, cherche la meilleure position pour placer ses jambes, écarte les doigts, à plat sur ses genoux, ferme les paupières, se souvient.

Un arbre a éventré l'immeuble contre lequel il est adossé, les branches tortueuses s'extirpent par les fenêtres éclatées. Dans la ville déserte, il entend la tôle qui se dilate avec la chaleur, un couinement intermittent, des coups de marteau. Ou est-ce une lourde porte déboîtée qui tape contre le chambranle ?

Cela fait des semaines qu'il a quitté sa patrie. Pour survivre, il a ses tours de magie. Quelques livres dans son sac à dos. Pour le reste, il s'en sort comme tout clandestin. Chaque jour trouver le moyen d'aller de l'avant. Chaque jour imaginer une solution de repli. Caché derrière un muret écroulé, une boîte de conserve éventée calée entre les pieds, il avale sans appétit des haricots en sauce germés. De derrière les pierres, un chant s'élève. Une langue mystérieuse. À la fois incantatoire et enjôleuse. Une voix de femme, sans âge. Une mélodie venue de loin, par-delà les ruines de la cité. Chaque harmonie, chaque dissonance, le réconforte. Il sait au fond de lui que, malgré la désolation environnante, c'est autre chose qui se joue, vaille que vaille. Affronter. Vivre.

Marcel sursaute. Le car a pilé. À sa droite, sa voisine sommeille toujours. Il est nauséeux, cela fait longtemps qu'il n'a pas rêvé de cette époque douloureuse. Encore récente. Combien de temps, combien de mois lui aura-t-il fallu pour atteindre l'Europe, s'infiltrer jusqu'au cœur d'Aix, sans que personne se doute de rien ? Au Thémis, son accent a été accueilli comme une variation, rien de plus. Son français curieux, littéraire et maladroit, n'a pas laissé Nestor indifférent.

— Oui, nous manquons de serveurs. Si tu es sérieux, tu es le bienvenu.

Une bonne nouvelle qu'il a acceptée d'un large sourire, le regard rivé sur une lourde femme s'extirpant du sous-sol par une porte en inox inclinée qu'il a prise pour celle d'un congélateur.

— Comme ça, ma femme pourra jeter l'éponge et rester un peu à la maison. On commence tout de suite ?

Son patron lui a déniché une chambre en ville, petite, peu onéreuse. Il en pleure presque en repensant à ses compagnons d'infortune laissés sur la route. Des types venus de partout, des femmes valeureuses, parfois enceintes, en quête de quiétude et d'espérance pour leur enfant, fuyant la guerre, la misère, les coups d'État, les brasiers d'une détresse sans fin.

Marcel dort d'un sommeil léger. Les arrêts se succèdent dans un va-et-vient de passagers. Certains tirent les rideaux pour se protéger du soleil. D'autres parlent fort, trop fort, dans leur téléphone portable. Sur le bas-côté de la route, les fleurs sauvages rompent la monotonie des éboulis. Visible à des kilomètres à la ronde, la Sainte-Victoire se cabre dans l'azur. Blanche ouvre les yeux, se tourne vers Marcel. Il déploie une main, lui tend un bleuet surgi de nulle part, qu'elle saisit et fait tourner entre le pouce et l'index. Les rameaux grêles virevoltent. Ils sont arrivés, elle glisse la fleur dans son portefeuille. Tout le monde descend.

— Comment fait-on pour ton vélo et mon scooter ?

— Je m'en charge. Rentre te reposer.

Elle lui tend ses clés, lui indique son adresse, s'éloigne en boitillant. S'il veut prendre une douche avant d'aller travailler, il doit se dépêcher. En arrivant chez lui, une toute petite clé se détache du trousseau de Blanche, tombe sur les tommettes. Il la ramasse, à la hâte.

26

Lorsque Marcel dépose le scooter de Blanche près de chez elle, le soleil commence à poindre. Sur la placette, deux gamins se balancent des coups de pied, sacs à dos bourrés à craquer, règles élimées pointant hors de la toile. Ils ont envie d'aller en cours comme de se pendre.

— Ho ! aboie l'Italien qui craint pour les nouveaux bacs à plantes vert pomme qu'il vient d'installer autour de la terrasse de son restaurant.

Une fois le deux-roues attaché, Marcel entre au numéro que Blanche lui a indiqué. La moiteur le saisit à la gorge, il hésite. Lui laisser les clés dans sa boîte aux lettres ou monter ? Il finit par glisser le trousseau dans la fente en insistant un peu, regrette, retrouve la petite clé restée au fond de sa poche, l'insère dans la serrure, le battant s'ouvre sur une enveloppe. Marcel lit tout haut : Blanche de Varengéville. S'attarde sur chaque syllabe. Décide de lui apporter la lettre et les clés. Une bonne raison de la revoir.

Au premier étage, il pense, *non, ce n'est pas ici*, au deuxième étage, *non plus*, au troisième, *toujours pas*, s'immobilise enfin sur le palier du quatrième, appuie sur la sonnette. Blanche entrouvre. Ses traits sont tirés, sa peau plus pâle que d'habitude, elle paraît inquiète.

— Je n'aurais peut-être pas dû... Juste te dire que j'ai stationné ton scooter en bas. Je l'ai attaché à un arbre.

Blanche murmure un merci inaudible.

— Voilà tes clés. Et aussi, j'ai récupéré ça.

En lui tendant l'enveloppe, il remarque le cachet de la poste chilienne. S'en étonne.

— Je l'ai avec moi, parce que...

Elle lui coupe la parole.

— Je peux te demander un service ? J'ai vraiment très mal à la cheville. Je suis tombée il y a trois semaines. Je pensais qu'elle était guérie. Mais, avec tous les kilomètres la nuit passée, j'ai dû me blesser à nouveau. Tu pourrais aller m'acheter des antidouleurs ?

— Tu veux bien me montrer ta cheville, Blanche ?

Elle hésite, lui fait signe d'entrer. Pour la première fois, un inconnu passe le pas de sa porte. Elle a l'image d'un rideau de scène qui s'ouvre. Se laisse tomber sur son siège, baisse les armes. Une seule chose la taraude, se débarrasser de cette douleur. Plus que quarante-huit heures avant de sauter dans son train pour Paris, même si elle se demande encore ce qui l'oblige à partir. Après avoir posé les clés sur l'étagère, Marcel prend le talon de Blanche dans sa paume, effectue de légères pressions, s'attendrit sur les veines bleutées qui courent à fleur de peau sur le dos de son pied, les suit du bout du doigt. La jeune femme finit par se laisser faire, retrouve le plaisir de s'abandonner aux mains de Marcel. Une nuée d'oiseaux blancs traverse le ciel au-dessus de la cour. Un froissement de battements d'ailes. Sur le bureau, les tirages carrés de Blanche sont sagement alignés. Quatre rangées de photographies en noir et blanc.

— Voilà, ce n'est rien. Tu peux te mettre debout. Normalement, tu ne devrais plus avoir mal.

Elle pose le pied par terre, fait un pas, un autre, l'impression d'effleurer le parquet, n'en revient pas.

— Comment as-tu fait ?

— C'est mon secret. Allez. Je m'en vais.

— Marcel, je pars quelque temps à l'étranger. Je voudrais que quelqu'un veille sur mon appartement et mes affaires. Je peux te confier mes clés ?

Elle se place ensuite devant son bureau pour qu'il ne puisse pas voir ses clichés. Mais Marcel sait déjà les craquelures de la roche, l'herbe qui s'insère dans les vides.

— Bien sûr, Blanche.

Il aimerait la prendre dans ses bras.

— Tu pars où ?

— À Santiago, au Chili.

Sur la bibliothèque, l'ammonite est posée à plat. On dirait une corne de bélier. Marcel sort sur le palier, se retourne, les yeux brillants. Blanche ferme la porte dans son dos, se précipite dans la salle de bains, passe de l'eau sur ses avant-bras, boit à grandes lampées, redresse la tête, fixe le miroir. Son regard se voile. Dans son reflet, son visage est dédoublé, les traits de Marcel et les siens comme enchevêtrés. Ses sourcils épais en arabesque au-dessus du bleu de ses yeux, son grand nez viril escamotant le sien, leurs bouches confondues. Une chape de plomb s'abat sur elle. Elle s'évanouit.

27

— Où es-tu ? Blanche ? Si tu ne sors pas de ta cachette, c'est le hibou qui viendra te déloger ! À quoi joues-tu, péronnelle ? Crois-tu que j'aie le temps de perdre du temps ? Dépêche-toi, viens te doucher, t'habiller, te coiffer surtout, les cheveux bien lissés derrière les oreilles. Tout cela ne se fera pas en deux minutes ! Montre-toi, tout est prêt dans ta chambre. Ta robe à smocks, ton serre-tête, le bracelet de Mère-grand. Ça suffit maintenant ! Nous sommes attendues au consulat.

Vu de sa cachette, le jardin paraît immense. Blanche se fige derrière son arbre, un morceau d'écorce est suspendu au-dessus de sa tête. *Tombera, tombera pas… S'il me tombe sur la tête, peut-être que j'en mourrai, et puis tant mieux. Plus de vilaine robe à smocks. Plus de bonsoir, madame, ni de bonsoir, monsieur. Plus de oui, j'ai fait toutes mes leçons, ni de oui, j'ai été sage. Quel ennui, quelle malchance, pourquoi ma vie est-elle comme ça ? Il est où, mon père ? S'il venait seulement me sortir de là.*

— Blanche, je te préviens, si tu ne viens pas tout de suite, c'est l'oiseleur de malheur qui se chargera de toi. Tu risques de le regretter. Souviens-toi du marchand de canaris, je t'en ai déjà parlé. Il n'attend qu'un oisillon comme toi à ajouter à sa collection. Ne te plains pas si tu te retrouves enfermée dans une des cages empilées sur la remorque de sa bicyclette ! Oh, mais je le vois là-bas qui apparaît au bout de la rue. Oh, mais comme il fait peur ! Il ne lui reste plus que la peau sur les os. J'entends son squelette qui claque à chaque coup de pédale, clac, clac, clac. Et ses yeux, oh, ses yeux. Des spirales qui s'enfoncent dans sa tête. On pourrait presque apercevoir l'enfer au fond de ses orbites ! Monsieur le vendeur d'oiseaux, venez par ici, j'ai une drôle d'espèce à vous offrir ! Blanche, sors de là ! Oh, mais il s'arrête devant notre maison... Que vois-je ? Tout en haut de sa pyramide de cages pleines de canaris prisonniers, une petite cage vide, rien que pour toi ! Le vantail est grand ouvert, elle n'attend plus que toi.

Blanche s'élance à travers la pelouse. Ses petites jambes s'agitent comme deux pattes de serin dans le crépuscule. Ses pieds nus fendent l'humidité chaude qui monte de la terre. Plus elle avance et plus le jardin paraît grand. *Il faut que j'arrive à temps, surtout pas l'oiseleur!* Elle court à perdre haleine, évite les parterres fleuris, la piscine, le fauteuil Emmanuelle.

— Je suis là, j'arrive, maman, je me dépêche, dites au méchant monsieur de s'en aller, dites-le-lui !

Lorsque Blanche rouvre les yeux, échouée sur le carrelage froid de la salle de bains, la vie a repris son cours. Le cognement de la machine à laver du Polonais, le poulet frit de la voisine d'en face, le fils du contremaître qui n'en finit pas de faire le tour de la cour sur sa trottinette. Elle regarde le dessous du lavabo, une piste de danse avec une colonne au milieu, finit par se relever, récupère la boîte à chaussures grenat laissée de côté depuis des années, en retire le couvercle.

Posée au-dessus d'un tas de souvenirs, une photo de son grand-père, morne et chauve, assis derrière un immense bureau vide dans l'appartement marseillais. Une autre, à un de ses anniversaires à Santiago, entourée d'un petit garçon manchot, chemisette blanche à manches courtes, d'une boulotte avec des taches de rousseur et de jumelles sans aucune ressemblance, hormis une grande tache de naissance sur la joue gauche. Des enfants triés sur le volet qu'elle ne voyait qu'à cette occasion et qui la traitaient de méchante albinos. Elle allume son téléphone, relit les messages de Mademoiselle, dispose cartes postales et billet d'avion sur le sol, hume le parfum de latex de l'enveloppe apportée par Marcel, la déchire. Encore une carte postale. « Si tu veux me voir, je suis là. Envers et contre tout. » Toujours pas de signature. Sur le recto, un article en espagnol, découpé dans un journal et scotché sur la photographie colorisée d'un paysage désertique : « Une avionnette s'abîme au large des côtes chiliennes. Douze corps repêchés. Le treizième passager reste à ce jour disparu. » La brève n'est pas datée. Cela ressemble tellement à Yossef de faire planer le mystère et le doute. Mais pour quelle raison réapparaîtrait-il après tout ce temps ? Il lui a raconté tant d'histoires, de mensonges, d'invraisemblances. Un jour :

— Je ne peux pas venir te retrouver, un arbre est tombé sur le toit de ma cuisine.

Un autre :

— Je serai en retard, je suis coincé dans l'ascenseur.

Un autre encore :

— Entends-tu l'avion au-dessus de ta tête ? Je t'appelle du cockpit. Le pilote m'a donné l'autorisation d'utiliser son émetteur. Tu es mon amour interstellaire.

Blanche boit ses paroles. Lui voue une adoration sans bornes. Elle a dix-neuf ans. Yossef, trente-sept, il est marié, père d'un enfant. Mais il le lui a juré : il va divorcer pour elle. Il lui demande d'être patiente et courageuse. Deux fois par semaine, il l'amène à l'hôtel, dans des chambres luxueuses. Ils grignotent du raisin – il adore le chasselas et exige que le room service en apporte, coûte que coûte –, boivent des verres de puligny, s'allongent en travers du lit, jamais dans les draps, restent ainsi l'un contre l'autre, se désirent, s'embrassent, encore et encore, se caressent, se mangent. Il lui dit sa passion, inconditionnelle, éternelle.

— Tu es mon agrume. Tu es mon point-virgule.

Elle boit ses mots, son haleine, les parfums de son corps. Il repart à l'aube, rentre chez sa femme, sans lui avoir fait pleinement l'amour. Blanche a fixé cette règle, tiendra bon, ne ploiera pas avant qu'il n'ait quitté son domicile conjugal. Il respecte sa demande, implacable.

— Nous aurons bientôt la vie devant pour nous donner l'un à l'autre, pour vivre ensemble. Pour que tu me possèdes entièrement et au-delà encore.

Elle le fait jouir. À sa façon. Deux ans durant, Blanche attend. Le divorce. L'amour total. Elle travaille avec acharnement, se fond dans l'étude, la lecture, la pensée, excelle à Ulm. On lui prédit un avenir brillant. Elle est éblouissante. Et vierge. Elle patiente, le corps et l'esprit en feu. De tant attendre, elle en perd l'équilibre, vacille. De tant l'aimer, elle s'éteint. C'est le jour de ses vingt et un ans qu'il lui demande pardon, à genoux, et s'évapore. Elle décide d'en finir.

Dans la cuisine, où elle vient de vider la boîte de photos dans le vide-ordures, une procession de fourmis défile sur le châssis de la fenêtre, descend le long de l'encadrement de la porte, s'excite au creux de l'évier. Blanche se prépare à actionner le mitigeur, les voilà qui se recroquevillent, font les mortes sur le rebord de la cuvette. Une fois le risque éloigné, elles reprennent en chœur leur course frénétique. *Rusées*, se dit-elle. *Comme Yossef.*

À partir de maintenant, plus rien ne doit l'anéantir. Elle voit sa vie de recluse voler en éclats. Il est l'heure.

28

Sa valise est dans l'entrée. Elle y a glissé son Nikkormat, dix films en noir et blanc, du 400 ISO – tant pis pour la profondeur de champ et la vitesse par grand soleil. Sans oublier le gobelet en plastique orange de son enfance, avec sa anse carrée, et une anthologie des poètes du XIXe siècle, dans une édition datée de 1935. Un petit livre que Mademoiselle aimait feuilleter, les soirs où la Consule ne rentrait pas. Elle lisait des poèmes tout haut, surtout « Le Cimetière marin », assise dans le fauteuil club du salon de musique, où bizarrement on n'écoutait jamais de musique. La couverture cartonnée du recueil s'est désolidarisée avec le temps, elle est reliée au reste de l'ouvrage par un morceau de scotch jauni. En haut, à droite de la première page, on peut lire, écrit au crayon à papier : « Philomène de Varengéville ». Le nom de sa grand-mère. Blanche s'est toujours demandé pourquoi elle ne portait pas le nom de son père. Comme les autres. Même s'il ne lui a laissé qu'un vague souvenir. Une ombre longue qui déambule dans le couloir. Un parfum de tabac. Des sensations floues.

Avant de partir, Blanche ausculte chaque recoin de son appartement, hésite à emporter son ammonite, pense à retirer la pellicule restée dans son Nikkormat, appuie sur le déclencheur de l'appareil quatre fois sans retirer le cache de l'objectif, retire le film, le glisse dans une enveloppe adressée au labo. Elle la postera de l'aéroport. En cadeau. Ringo fera ce qu'il voudra de ses dernières photos.

De Santiago, où elle atterrira bientôt, elle n'a gardé que quelques images vagues, des détails. Juste une vie d'enfant, scandée par l'école, les devoirs, les réceptions, les escapades au fond du jardin. Une vie où, du haut de ses sept, huit, neuf ans, elle se posait toujours la même question : *Pourquoi ne suis-je pas comme les autres ?*

Différente, elle l'est encore. À son âge, elle devrait sortir, danser, dévorer chaque instant, par tous les bouts. Aimer, embrasser, s'embraser. À trente ans, la vie est devant soi. *Ces règles, qui les a dictées ?* s'interroge-t-elle, en se regardant dans la glace. Yeux gris d'extraterrestre, frange parfaitement taillée, nez fin planté, là, au milieu de sa fadeur. *Je suis hideuse. Différente et hideuse.* Elle attrape sa brosse, lisse son carré, cela lui fait comme un voile de nonne. *De quoi ai-je l'air finalement ? D'un œuf clair. C'est ça, un être vide. Non fécondé. À côté de la plaque. Ça suffit maintenant !*

Elle passe alors plusieurs couches de mascara sur ses cils, colore sa bouche d'un rouge à lèvres pourpre. Surtout sa lèvre inférieure, plus charnue que l'autre. Se met à danser.

29

Blanche se réveille en sursaut. Elle s'est assoupie sur son canapé, toujours habillée et maquillée. N'arrive plus à se rendormir. Se concentre sur sa respiration. *J'inspire, je me calme ; j'expire, je souris.* Recommence autrement. *J'inspire, je suis une montagne ; j'expire, je suis ancrée.* Tout y passe. Tout ce qu'elle a pu glaner sur les vidéos de méditation. Rien n'y fait. Plus elle essaie, plus elle est éveillée. Se tourne d'un côté. De l'autre. Sur le dos. Jambes tendues, bras en arrière. Jambes repliées, paumes vers le ciel. Plus elle tente de se calmer et plus elle est énervée. Surtout ne pas penser. Pas le moment. Elle regarde son réveil. Quatre heures cinq. L'enfer qui recommence. Aucun moyen d'y échapper. À part mourir. La pleine lune flamboie dans le ciel noir. Blanche est en proie à de terribles frayeurs. *Pourquoi Mademoiselle veut-elle me voir ? Dois-je vraiment retourner à Santiago ? Qu'est-ce que je vais faire de ma vie ?* Quatre heures cinq. L'heure blanche.

Dans son corps, c'est la fournaise. Un mélange confus de secrets, d'évidences. Une danse macabre où Yossef et Marcel brandissent une flopée de cartes postales, la lui jettent au visage. Elle jaillit hors du divan, attrape chiffon, produits d'entretien, frotte, soulève, repose, déplace, se tape la tête contre le coin de la table à jeu, se hisse sur la pointe des pieds, face à la fenêtre. Son cœur cogne dans sa poitrine. *Là, calme-toi maintenant, c'est fini, le jour est là, regarde.* Derrière les tuiles, les pignons et les versants, des flammèches saumonées et lilas. Le soleil se lève. Comme si tout repartait de zéro.

En déplaçant son téléphone, elle allume malencontreusement la radio. « Un puissant séisme de magnitude 7,6 dans le sud du Chili. Alerte au tsunami. Pas de victime selon les premières informations. » Excédée, elle coupe le son. *Ça suffit !* Part errer dans Aix. Un au revoir matinal. Pour tourner la page. Place des Ormeaux, rue Mignet, rue Boulegon. Maisons penchées, ruelles entortillées. Place de l'Université, des Tanneurs. Murs tagués, volets fermés. Clocher des Augustins, rue Mazarine. Vieilles bâtisses, brèches. Rue Frédéric-Mistral, passage Agard. Là, le Petit Café. Elle s'installe à une table, attend. Bientôt l'ouverture. Elle est fatiguée, triste et heureuse à la fois. Une main se pose sur son épaule.

— Je suis là.

Un instant plus tard, la même main qui place une tasse de café devant elle, avec un croissant et un verre d'eau.

— Ça va, Blanche ?

Elle lève les yeux, tend à Marcel le double de ses clés, qu'il fait disparaître d'un geste exercé. Sur un papier cartonné, elle a inscrit son numéro de téléphone portable et son nom.

— Ne t'inquiète pas, je veillerai sur tout. Et puis, j'irai le lui dire, à ta montagne.

30

Mademoiselle. Dans le hall de l'aéroport, Blanche la reconnaît tout de suite. Même chignon retenu par des épingles à cheveux, même allure, impeccable et sévère. Elle n'a pas changé de style. Tailleur-pantalon et talons aiguilles. À la fois vieille fille et érotique. Son parfum de bois fumé la saisit. *Cuir de Russie.* Comme autrefois. Blanche a toujours été captivée par les odeurs et les noms de parfums. Enfant, elle les consignait dans un « Carnet des noms magiques ». Sa gouvernante l'embrasse sur une joue, se retient de la prendre dans ses bras, un peu désarçonnée par la jeune femme. Elles n'échangent pas un mot.

Le chauffeur roule vite. En contrebas, des encombrements de maisons dévalent la colline, la radio crache de la cumbia, casse les oreilles de Blanche. Elle n'a pas réussi à dormir dans l'avion. Quatorze heures à déplier et replier ses jambes, à recevoir des coups dans le dos à chaque fois que la passagère derrière faisait sa propre gymnastique, à tenter de se concentrer sur des films inaudibles, à se remémorer ses dernières errances sur la Sainte-Victoire et, surtout, le spectacle désolant de sa silhouette, rétrécissant avec la progression du TGV. Jusqu'à disparaître de sa vue.

Lorsque la voiture s'immobilise, elle dort profondément. Mademoiselle se gratte la gorge, effleure son genou, presque attentionnée. Blanche sursaute. Le chauffeur, resté silencieux durant tout le trajet, se lance dans une logorrhée.

— Cette foutue brume, ces foutus embouteillages, ce foutu président, ce monde foutu qui en a marre et qui crache sa lave par tous les bouts…

— Je t'ai loué un petit appartement. J'espère que tu t'y sentiras bien. Voici la clé et le code de la porte d'entrée de l'immeuble. Il y a le Wi-Fi, des draps, des serviettes. C'est au deuxième étage. J'ai fait au mieux.

Elle lui tend des pesos chiliens.

— Non, Mademoiselle. Merci.

— Alors, je te laisse tranquille. Tu es sûre que tu n'as besoin de rien ? Bon… Mon numéro de téléphone n'a pas changé. Je t'attends. Repose-toi bien.

Blanche a oublié le phrasé curieux de Mademoiselle. Une prononciation cotonneuse.

— C'est entendu. Je vous appelle.

— Tu peux me tutoyer maintenant que…

Mademoiselle s'interrompt. Déçue. Elle a remarqué l'air agacé de Blanche, à qui le chauffeur tend son sac de voyage. Imperturbable, il continue à se lamenter sur l'état de la Terre.

— Même pas le moyen de prendre la poudre d'escampette à bord d'une fusée. Il doit bien y avoir une autre planète où les gens sont moins cons.

Blanche retrouve la langue qu'elle affectionne, l'espagnol d'Amérique latine, les intonations de son enfance, tandis que Mademoiselle se remet nerveusement du rouge à lèvres, en s'examinant dans le miroir de son poudrier.

— À très vite, alors.

Sa gouvernante baisse la vitre jusqu'à la tranche, lui saisit la main. Avec maladresse.

— Vous me faites mal…

— Je compte sur toi. Cela fait des années que j'attendais ce moment.

Blanche a un mouvement de recul. Ces révélations fardées la contrarient.

— J'ai compris.

Juste avant de disparaître dans le hall de l'immeuble, elle fait un signe au chauffeur, qui entonne quelques notes d'une romance, en tapotant le capot poussiéreux. L'éclairage ne fonctionne pas, Blanche cherche à tâtons le bouton de l'ascenseur. Arrivée au second, elle insère la clé. La porte s'ouvre sur un joli duplex. Plein de lumière.

31

Est-il possible d'avoir dormi autant ? Elle vérifie plusieurs fois. La date, l'heure, prend une douche glacée, sort sur le balcon bordé de bacs. Jasmin, cheveux d'ange, oranger du Mexique. Il fait encore doux dans l'hémisphère sud, malgré l'automne austral. La brume ordinaire de Santiago a abdiqué, le soleil s'apprête à cavaler de gratte-ciel en piton, de pinacle en clocher. La ville grouille de klaxons, de tourbillons de poussière. Blanche se sent légère. Dénouée. Elle s'allonge sur le banc-lit en corde, une tasse à la main. Le café n'a pas la même saveur qu'en France. Sucré, un arrière-goût de cardamome. *Et si tout se résolvait là ? Maintenant ?* Une abeille frôle son épaule, louvoie de son cou à son oreille. Elle se relève sans hâte. Envie d'aller vagabonder. Vingt ans qu'elle a quitté le Chili. Mademoiselle attendra.

La ville l'accueille avec indifférence. Sur les ruines de son enfance. C'est ici qu'elle a appris à marcher, à parler. Tout reçu et tout perdu. Retenue à un feu de signalisation, elle fixe l'incessant défilé de voitures, lève les yeux. Partout, des immeubles. Dans ses souvenirs, il n'y avait que des maisons. Tout lui semble immense, démesuré, bétonné. Elle ne reconnaît rien et meurt de faim. Les passants observent la jeune femme statufiée, jambes serrées, bras le long du corps. Elle hume la ville, la redécouvre, s'élance sur le passage piéton. Les voitures pilent. Un motocycliste manque de la renverser.

— Idiote ! T'as perdu le nord ou quoi ?

Dans un centre commercial, on lui indique un bar à bentos au sous-sol. Musique trop forte, meute de clients affamés, surabondance de vitrines, de marchandises. Blanche s'installe à une table, à côté de l'escalator. Deux femmes, leggings fleuris, fortes cuisses, refont le monde, chacune sur une marche de l'escalier mécanique. Arrivées en haut, elles font demi-tour, redescendent, puis recommencent. Jusqu'à plus soif. La serveuse tarde à venir prendre la commande. Blanche s'impatiente, se sauve, quitte la cage de verre et d'acier, les sons métalliques, l'air vicié. Elle a oublié l'enfer des grandes villes. Murs, foule, trop-plein. Elle étouffe.

Vite rejoindre le fleuve. L'eau qui dévale des Andes et traverse Santiago. Sous un jacaranda centenaire, deux types, côte à côte, braguette baissée. L'odeur d'urine la prend à la gorge. Un vendeur ambulant, chariot débordant de moulinets multicolores et de ballons gonflés à l'hélium, l'apostrophe. De l'autre côté de l'artère, une grande structure métallique, aux allures de gare ferroviaire. Le Marché central. Elle traverse l'avenue encombrée de voitures derrière une vieille agrippée à un landau bourré de prospectus. À l'entrée de la bâtisse, une balance, des ardoises recouvertes de noms de poissons, de fruits de mer. Entre les étals, un troquet, toiles cirées à carreaux, miroirs piqués. Une table est libre.

— Je peux ?

— Vous êtes seule ? Pas de problème. Installez-vous contre le mur.

Elle commande un bouillon de poisson cuit avec des légumes, qu'elle relève de coriandre et d'épices fumées. Fait signe qu'on lui apporte un pichet de vin blanc.

— Sec, s'il vous plaît.

Dans la glace incertaine, pour une fois, elle se trouve belle. Les clients la dévisagent en douce. Elle a l'élégance naturelle de celles dont le menton ne pointe ni vers le bas ni vers le haut, un juste équilibre. Entre raffinement et délicatesse. Une petite fille approche, lui tend une bille bariolée de bleu. Blanche la saisit, la fait tourner entre ses doigts, se souvient. Un sac de billes, c'était pour elle l'univers entier entre ses mains. Mais, en grandissant, changement de perspective. Sur son globe terrestre lumineux, qu'elle examinait sous toutes les coutures, tant de pays, de mers, de fleuves. Les latitudes, les longitudes, les fuseaux horaires. L'inconnu. L'ailleurs. Tout d'un coup, la peur.

— Rends-moi ma bille ! Méchante !

La boule de verre lui échappe, se brise sur le carrelage. La petite fond en larmes. Blanche tente de la consoler, ramasse les fragments, s'excuse avec son léger accent français auprès de la mère contrariée. Le patron s'interpose, une poignée de friandises dans la main, que la femme empoigne et glisse dans son sac à main. *Je n'aurai jamais d'enfant*, se rassure Blanche. *Ces sales petites bêtes capricieuses.*

Accommodant, le gérant lui fait un clin d'œil amical en lui offrant des poires au vin rouge. Tout rentre dans l'ordre. Blanche savoure la chair imbibée d'orange, de clou de girofle, de cannelle. La gamine approche à nouveau, lui attrape la main. Elle se laisse faire, tente de se rappeler celle qu'elle était au même âge. De vagues réminiscences. Détachées de toute réalité.

32

Sur l'appui d'une fenêtre, un caniche se prélasse, étalé sur un coussin en fausse fourrure. Blanche interrompt sa promenade, plonge son regard dans les yeux de l'animal. Des yeux ronds et orangés. On dirait qu'il lui sourit, repu et fier. Derrière lui, dans le fond, la pièce sombre et malodorante abrite des formes statiques. Le temps a dû s'y arrêter et le vieux chien veille sur de défunts mystères.

— Tu es rigolo, toi!

Pour la première fois, elle a envie de photographier du vivant. Son Nikkormat est resté dans l'appartement. Délivrée et légère, elle contemple ce qui l'entoure par la seule vue. Se remet en marche. Les façades sont recouvertes de tags, de soleils, de fleurs à pétales multiples. Un œil prolongé de longs cils recourbés regarde vers les sommets. Là-haut, tout est doré sous le ciel menaçant à l'ouest. Une étrange lumière comme jaillie de la terre. Ses paupières la démangent, lui rappellent ses ophtalmies de petite fille. *Je ne vais pas faire de vieux os ici. Trop de murs. Trop de poussière.* Après la *churrasquería* à la carte sans fin – filets de bœuf, poulets grillés, pommes de terre frites, purée – et le kiosque à bonbons, une librairie. Un livre retient son attention. *Las olas son las mismas.* Un titre évocateur. Les vagues. Toujours les mêmes. Il suffirait de s'y abandonner. Un peu plus loin, l'écriteau d'un institut couronné d'un Nueva Acrópolis dresse un inventaire de « cours de philosophie pour vivre », dispensés de jour comme de nuit.

À un coin de rue, l'œil de Blanche est attiré par une porte en bois sculptée de fleurs. Au heurtoir torsadé. Sans conteste, celle de la maison de la sorcière. Elle reconnaît la bâtisse grège aux voûtes néogothiques, avec ses fenêtres à petits carreaux, ses grilles en fer forgé, sa girouette au sommet de la cheminée, où une harpie oriente ses maléfices selon le sens du vent. Et, surtout, ses terrifiantes gargouilles. Langue tirée, regard sinistre, oreilles de chien, membres humains. C'est ici que sa mère l'amenait en balade, lorsqu'elle avait un moment. Une terreur pour Blanche, persuadée que la propriétaire allait apparaître et lui jeter un sort. Elle fait quelques pas dans la demeure. Sur les tommettes brun orangé et les petits carreaux du seuil, serpents, insectes et oiseaux étranges s'alignent sagement. Au-dessus d'elle, des plafonds alambiqués.

Un drôle d'endroit pour venir se promener avec une petite fille. Un mauvais souvenir.

Dans les ruelles avoisinantes, les maisons colorées s'adossent les unes aux autres. Elle s'assoit sur le rebord d'un bassin. Une fleur allongée va et vient avec le mouvement de l'onde. Son ombre esquisse un curieux animal marin au fond de l'eau, où pullulent des petites bulles d'air. Blanche se délasse. Son esprit se repose. Elle voyage à l'endroit. Elle voyage à l'envers. Joue au yoyo avec la Terre. Avec le recul, elle prend conscience que son studio aixois, devenu le centre de son monde, était une geôle créée par elle seule. Et ses escapades sur la Sainte-Victoire, son unique délivrance. Elle s'amuse à réduire ses trente mètres carrés en un tout petit point à peine perceptible sur le globe terrestre. Dès lors, plus rien ne ressemble à rien. La Terre est une sphère minuscule à laquelle elle se sent rattachée par un fil. Comme un cerf-volant.

L'après-midi tire à sa fin. Un arc-en-ciel se dessine au-dessus de la ville. Blanche suit des yeux les champs chromatiques. Aspiré par le spectre de la lumière du soleil, son regard plonge dans l'indigo, le violet, saute sur le phénomène secondaire qui vient de se former en amont. Exaltée, elle laisse l'inconnu la mener de rue en rue, ses pas l'entraîner de quartier en quartier. Jusqu'à un carrefour parfumé de fleurs mêlées, lys, géranium, iris, où elle ralentit. Une odeur retrouvée. Les murets en pierre, l'eau stagnante dans les caniveaux, les taches d'huile dans la station-service à l'angle de l'avenue, les mêmes effluves de carburant que ceux qui lui chatouillaient les narines lorsque sa mère baissait la vitre pour tendre un billet au pompiste, la même église austère. C'est ici, elle en est certaine. La maison de son enfance doit se trouver dans la rue en biais.

Elle s'engage dans la voie sans issue, et sa certitude enfle comme une voile par grand vent. La haie touffue, le portail en fer forgé entre deux piliers de pierre blanche, la caméra de surveillance, c'est bien cela. Elle écarte les lauriers, aperçoit la statue de géant de l'île de Pâques. Une lubie de sa mère, de retour d'un week-end au large du Chili, partie sur un coup de tête avec Mademoiselle. Un souvenir confus pour Blanche, restée toute seule avec le jardinier qui avait dû, dès leur retour, faire réaliser sur-le-champ une réplique d'un de ces fascinants monolithes. Derrière le porche, il lui semble entendre craquer les parquets, crisser les gonds, frissonner le jardin. Blanche le sait, les maisons pleurent. Se souviennent.

Que faire ? Sonner ? Escalader le mur ? Se frayer un chemin dans la végétation ? Elle préfère garder le souvenir intact. Le meilleur comme le pire. S'éloigner, le cœur noué, en longeant le parc des voisins. C'est ici qu'elle venait s'amuser avec Romeo, l'aîné des trois garçons. Il avait une passion pour elle. Elle le détestait. Mais elle était incapable de refuser de jouer à une vie d'escargot avec lui. Chaque mouvement, chaque phrase devait s'effectuer au ralenti au milieu de la grande moustiquaire réservée à l'élevage des escargots de Bourgogne, dans un recoin humide de la propriété, à côté des chambres des employés. Là se déroulait en catimini une autre vie. Rires étouffés, tabliers impeccables accrochés au fil à linge, patchworks de tissus multicolores, téléviseur allumé toute la nuit, ragoûts appétissants. Glissée entre la façade arrière de la longère des domestiques et la haie du parc de la Consule, Blanche avait découvert qu'elle pouvait espionner sa mère. Aux beaux jours, celle-ci mettait des airs de tango, descendait les marches de la piscine, nue comme à son habitude, chaussée d'escarpins rouges, qu'elle laissait ensuite flotter dans le bassin, sous les yeux vertigineusement maquillés de Mademoiselle.

Blanche s'éloigne, nostalgique et agitée. Infatigable, son corps prend le dessus. Il la pousse en avant, fait main basse sur ses rêveries. La nuit se faufile le long des palissades et des rues. Les réverbères diffusent leur lumière jaune. Cheveux ébouriffés, pieds douloureux, elle avise l'enseigne d'un hôtel, s'introduit dans le hall, sursaute lorsqu'elle découvre le faste qui l'entoure, demande s'il y a un bar. La réponse est mécanique.

— Au dernier étage, en terrasse.

Dans le miroir de l'ascenseur, elle ne se reconnaît pas. Teint rosé, pupilles dilatées à l'extrême. Deux veines barrent son front à la verticale. Au dix-huitième étage, elle accède directement à un immense bar-boîte de nuit en plein air. Le videur l'accueille d'un bonsoir sec et musclé, lui désigne sa sacoche et le vestiaire, d'un mouvement désinvolte du menton. Par petits groupes, des filles soignées et des garçons au teint halé glissent sur la piste de danse, comme les patineurs d'une boîte à musique. Un magma de corps mouvants, entreprenants, ajustés les uns aux autres. La jeunesse dorée de Santiago. Peut-être auraient-ils été ses amis si elle avait grandi là. La musique est assourdissante, cogne dans sa poitrine, lui coupe le souffle. Elle se dirige vers le comptoir transparent où des poissons multicolores nagent dans de l'eau cristalline, s'entend commander un gin-fizz, comme du temps de Yossef, lorsqu'il l'emmenait dans des lieux interlopes, l'avale aussi rapidement qu'un verre d'eau, en redemande un autre, grignote des chips disposées dans des carapaces de tortues vernies. Elle finit par réclamer un troisième gin-fizz. Cette fois-ci, prend le temps de le savourer. Le cocktail froid et citronné baigne sa langue, son palais, ses amygdales. Le serveur réclame sa carte de paiement. Elle a un peu honte des auréoles sur son chemisier, paie, se déchausse, retrousse ses manches, se lance au milieu de la piste, pieds nus.

Orgues, basses, percussions, chœurs caverneux, cadences rapides, saccadées, la musique électro tape dans ses veines, rebondit sous sa peau, claque comme un élastique sur sa mâchoire. Sous l'effet de l'alcool, elle se balance d'un pied sur l'autre, ondule sous l'éclairage psychédélique. Les yeux grands ouverts. Laminaire à la dérive, algue ondoyante prisonnière d'un aquarium humain, Blanche bat des paupières. De plus en plus vite. Sent ses pulsations, sa chair, son plaisir. Enfin.

33

Dans le sud de la France, Marcel découvre le manque, la privation, n'ose pas ouvrir la porte du studio de Blanche. Surtout ne pas réveiller la douleur lancinante de l'absence qu'il tient jusque-là éloignée. Depuis son départ, il fuit dans le travail, toujours plus rapide dans son service, la vaisselle, le rangement. Nestor lui confie à présent la gestion des commandes, du personnel, profite du répit qu'un tel employé lui assure. Dès qu'il termine ses tâches, le jour, la nuit, Marcel file à travers plaines et collines, courbé sur son vélo, pédale à s'en éreinter, la chaîne positionnée sur le plus grand plateau, même dans les côtes. À son tour, il contourne les oliviers et les iris sauvages, attaque les rochers, gravit le massif, sonde la montagne. Une face différente chaque jour. Comme une araignée géante, il franchit les millions d'années d'empilements, d'escarpements. Mille et onze pics, cent soixante kilomètres carrés de cailloux. Sillonne tous les sentiers, toutes les traverses. Si Blanche n'est pas de retour lorsqu'il aura escaladé chaque paroi, c'est décidé, il mettra le cap sur le Chili. Sur les flancs de la Sainte-Victoire, il regarde voler l'hirondelle rousseline, la bécasse des bois, l'engoulevent. Love son corps, douloureux de tant d'appétence, dans les déblais de la Brèche-aux-Moines. Ou dans la carrière de marbre, le nombril de la montagne. Entre les blocs et les éboulis, Marcel laisse l'intangibilité du miracle grimper en lui.

En ville, sa beauté ténébreuse affole les Aixoises, troublées par le dessin parfait de ses lèvres, l'abondance de sa chevelure, le charme irrésistible de ses sourcils denses, son front racé. Cela fait longtemps qu'il n'a pas fait l'amour, très longtemps. Les lignes souples de ses amantes d'autrefois l'enveloppent de réminiscences enivrantes. Le souvenir de leurs peaux confondues le ravit. Dans la rue, les femmes lui font de l'œil, le bousculent. Deux ou trois heures de sommeil par nuit tout au plus, une énergie presque encombrante, Marcel ne dort plus. Il tue le temps, sans retenue. Comme autant de fenêtres dont il ouvre les volets en grand sur un monde multiple, brûlant.

Pour assouvir son désir neuf, sans équivoque, il mesure la distance qui le sépare de Blanche. Plus de onze mille kilomètres. Par-delà l'océan. Cela ne l'effraie pas, il a franchi tant de frontières. Dans sa chambre, il convie les poètes, boit leurs poèmes, Neruda, Char, s'agrippe aux mots. Maître de son destin, Marcel sait que tout se joue dans l'instant présent. Qu'il lui faut résister. Rester de marbre, tâter le pouls du silence, laisser monter la certitude. Il a déjà trompé les disgrâces, traversé les déserts, fendu le feu, la faim, flanqué la mort au tapis. Bientôt, il sera prêt. « Il est l'heure de s'enivrer », clame-t-il entre les murs de sa chambre. Par la fenêtre, il aperçoit le ciel. C'est l'heure bleue. Le laps de temps qui sépare le jour de la nuit. Et la nuit du jour. À l'aube, au crépuscule. L'instant magique. Où la diffusion solaire peint le ciel d'un céruléen exceptionnel. Un bleu d'encre qui désormais l'enveloppe et le guide.

34

Blanche ne sait pas comment elle est rentrée. Était-ce encore la nuit ? Était-ce au petit jour ? Un martèlement sourd continue de battre dans ses pavillons, elle a une légère migraine, laisse caboter son regard sur la cime des arbres, derrière la baie vitrée. À la radio, glissements de terrain, collisions, soulèvements. Encore une fois, elle éprouve les déchaînements subits des forces de la nature dans sa chair, devient elle-même plaque tectonique, dorsale océanique, sent la roche se fendre. Là-bas, elle en est certaine, sa montagne s'accroche fièrement à la terre. La Sainte-Victoire tient bon.

À Santiago, la température affiche vingt et un degrés. L'air charrie une douceur printanière en cette fin d'automne. Klaxons, sirènes, cris d'enfants s'élèvent de l'estomac de la ville. Les bureaux s'emplissent. Dans le duplex loué par sa gouvernante, Blanche nettoie son Nikkormat, chiffon microfibre, souffleur, brosse à poils doux, boit café sur café dans son gobelet orange. Dès qu'elle aura vu Mademoiselle, elle quittera cette fourmilière urbaine. Elle a ouvert toutes les fenêtres, laisse les bruits de la rue s'engouffrer, la pousser vers la sortie, loin de la cité. Sur le treillis, à droite du balcon, un perroquet brave la loi de la pesanteur, agrippé horizontalement aux fils de métal entrecroisés, sautille, passe de l'autre côté du grillage, réapparaît, joue à cache-cache. Mademoiselle n'a pas encore manifesté de mécontentement face à son mutisme. Pour l'instant, aucun message sur son téléphone. Tant mieux.

Lui vient alors une idée, elle qui s'est toujours dérobée aux méandres des réseaux. Taper son nom. Qui sait, peut-être trouvera-t-elle une réponse, quelque chose de récent sur lui. Y penser lui vrille l'estomac. Si c'est lui qui lui a envoyé les cartes postales, elle comprendra peut-être pourquoi. D'abord son prénom, Yossef. Son pseudonyme ensuite, Lawrence, comme Lawrence d'Arabie. Yossef a toujours adulé Thomas Edward, l'écrivain-officier britannique. Un mythe et un modèle. En une fraction de seconde, un catalogue de liens et d'informations apparaît sur l'écran. Voilà Blanche projetée dans l'espace prodigieux et angoissant où défilent des listes sans fin de probabilités et de révélations.

Un portrait récent en noir et blanc. C'est ce qu'elle voit en premier. Tenue désuète d'explorateur, Akubra à larges bords sur la tête, veste blanche, il arbore ses petites lunettes rondes de soleil, qu'il ne quitte jamais. Il lui a raconté devoir se protéger de la lumière, avoir eu un très grave accident de voiture, de minuscules éclats de pare-brise se seraient plantés dans sa cornée. Blanche a cru à cette histoire, comme à toutes ses affabulations. Sa rencontre avec Marguerite Duras par exemple, alors qu'il faisait du stop entre Avignon et Uzès. C'est elle qui serait venue, après l'accident, le soutenir à l'hôpital, « tu dois vivre », lui aurait-elle asséné. Blanche n'a eu de cesse de composer. Pour créer l'espace d'amour, elle s'est détachée de tout, du réel comme de l'imaginaire, l'a attendu, s'est donnée absolument, lui a laissé le temps. A perdu pied. En acceptant sa propre chute.

Sous la photographie, elle clique sur un texte laconique, accède au site d'un éditeur new-yorkais. Yossef est toujours écrivain, un dernier roman sur des héritières cupides dans le Michigan… Ça y est, elle a trouvé quelque chose. Il vit dorénavant entre Manhattan et Santiago, aurait quitté la France, toute sa bande littéraire. Blanche fouille maintenant à l'envi sur la Toile, saute de Facebook à Twitter, d'Instagram à des sites culturels où on le voit, calme et grave, sur fond de verdure. Son visage n'a pas changé, peau érodée, cheveux ras, bouche soucieuse. Une ébauche de sourire. Elle clique ensuite sur tout ce qu'elle trouve.

Articles de presse, commentaires excessifs, sots, piquants, photos par dizaines. Toujours la même tenue, il en a une collection. Toujours la même pose. Sous une photographie, cette légende : « Yossef Lawrence et son épouse. » Elle poursuit sa lecture : « La photographe chilienne Albertina L. expose actuellement à la galerie santiagoise Elvira-Elgof. Un travail toujours davantage inclus dans les glaces, moraines, sérac. Son mari, l'écrivain franco-américain Yossef Lawrence, explore chacune de ses images dans une langue sculptée, engagée. »

Blanche est abasourdie. Cherche encore. Si les informations sont justes, alors, l'homme pour qui elle a attendu deux longues années, qui l'a abandonnée sur le bas-côté sans avoir quitté sa femme, « tu es devenue trop instable, Blanche », s'est bel et bien remarié. Avec une autre qu'elle. En zoomant sur le portrait, la ressemblance entre l'artiste et elle-même la stupéfie. Petite bouche, joues rebondies, yeux singulièrement espacés. Comme Louise Brooks. Blanche s'allonge sur le sol, bras en croix, vide ses poumons jusqu'à ce que la tête lui tourne. Jusqu'à sentir son corps s'évaporer. *À côté de la plaque. Et complétement endormie. Pourquoi ai-je toujours subi sans chercher à comprendre ? Pourquoi avoir fait l'autruche ?* Elle reprend son souffle, en appel d'air.

Lèvres serrées, elle se frotte les yeux si fort que des éclairs l'aveuglent un moment. Elle va se rendre à la galerie où expose la nouvelle épouse. Blanche est en marche.

35

La devanture de l'espace d'exposition a quelque chose de froid, comparée au voisinage, remuant et coloré. Blanche pousse la porte vitrée, se cogne contre la console de l'entrée, déstabilise une pile de catalogues, s'excuse. Un jeune homme, casque sur les oreilles, l'accueille en souriant.

— Bienvenue. Si vous avez des questions, n'hésitez pas.

Elle acquiesce d'un signe de tête, impressionnée par la salle, toute en tons cyan et outremer. Accrochées à mi-hauteur, les photographies couvrent tous les murs, en enfilade. Des grands formats. Icebergs, surfaces aqueuses, tourbillons, rayonnements. La beauté des lacs, des glaces, des océans, la saisit. Une fusion entre vitalité et disparition, un cri d'alarme, comme en écho à ses propres images minérales. Sous les tirages quasi organiques, des textes de Yossef. Au centre de la pièce, suspendues à des câbles fixés au plafond, deux rangées de téléphones où des vidéos de glaciers en dégel, de volcans en éveil, pleurent le réchauffement climatique, la pollution étendue, systématique. Blanche va, vient. Se fond dans les films, décortique les photographies, imagine, par-delà les images, la femme de Yossef. Et, par-delà l'épouse, un prolongement d'elle-même. *Qui est Albertina ? Pourquoi elle et pas moi ?* En réalité, qu'importe. Blanche le sait.

Elle s'immobilise devant une vidéo, troublée. L'artiste a fixé une petite caméra sur son front. Le spectateur avance avec elle. En elle. À travers ses yeux et sa voix. Les cailloux crissent sous ses pieds, le frottement de sa doudoune brouille la bande-son. L'œil de la caméra s'aventure du ciel indigo à une route dessinée par les traces de gros pneus, d'un chemin de terre grège à des cailloux clairs dispersés, de broussailles vert délavé à des déclivités tirant sur le roux. Au loin, un volcan enneigé. Sur son versant, un nuage de fumée. L'exploratrice gravit lentement la montagne, souffle, plante son bâton de trekking, renifle, s'arrête un instant pour photographier la crête. Les fumerolles se délitent avec le vent. Arrivée au sommet, elle frotte ses mains, enfouies dans des gants épais, se penche vers le cratère gris et jaune. Une alternance de cendre et de geysers de soufre. D'une voix gelée, vacillante, elle énonce :

« Cinq mille cinq cent quatre-vingt-dix mètres. Me voici au sommet du volcan Láscar. Le plus actif du nord des Andes chiliennes. » Blanche sursaute. Láscar, comme sur la carte postale. C'en est trop. Il faut absolument qu'elle entre en contact avec Yossef. Où qu'il soit.

Le galeriste s'impatiente de la présence de la jeune femme. Cela fait bien deux heures qu'elle détaille une à une chaque œuvre. Du bout de l'index, elle replace correctement sa frange, humecte ses lèvres, demande laconiquement s'il est possible d'avoir les coordonnées de la photographe.

— Impossible en ce moment. Elle s'est absentée pour des raisons personnelles qui la retiennent à New York. Et ne veut pas être dérangée.

Dehors, la température a encore grimpé, l'air chargé de particules picote ses yeux. De sa main gauche, elle fouille dans sa besace, en extirpe une dosette de sérum physiologique, qu'elle vide sur ses points lacrymaux. Une passante s'étonne de l'infinie clarté de ses yeux. Lui en fait l'éloge :

— Comme deux anneaux gris posés sur de la glace.

Blanche presse le pas, indécise, flottante. On la dirait sortie d'un tableau de Fernand Khnopff. Elle gagne le fleuve Mapocho, le longe, en quête de feuillage, d'écorce. Un besoin irrépressible de chlorophylle. S'enquiert auprès d'un kiosquier. Il lui indique le nord de la ville. Lorsqu'elle atteint la verdure, elle y plonge comme dans une piscine, se laisse dériver hors des allées trop soignées, reprend son souffle entre deux nuées de moucherons, qu'elle balaie d'un revers de la main. Ce soir ou jamais elle trouvera le moyen d'envoyer un message à Yossef.

36

Du pic des Mouches à la croix de Provence, du prieuré au lac de Bimont, du Thémis à la place des Trois-Ormeaux, Marcel guette. Une simple évocation, un signe. Ce matin, il a glissé le trousseau de Blanche dans la poche de sa veste. Il termine son service à dix-huit heures. Il se rendra ensuite chez elle.

En arrivant, il croise le Polonais dans la cage d'escalier.

— Vous… allez où ?

— Mademoiselle de Varengéville m'a chargé de surveiller son appartement en son absence.

Il se faufile entre le mur décati et les muscles saillants du voisin, pantalon de pyjama et maillot de corps blanc, introduit la clé dans la serrure. La première chose qu'il voit en entrant est l'ammonite, placée au centre de la bibliothèque. Il la prend dans sa main, l'examine avec attention, ouvre les persiennes, la fenêtre, pose le mollusque fossile sur le rebord, l'oriente vers le ciel. Les rayons du soleil déclinant viennent lécher le parquet, les pieds du divan. Marcel s'y allonge, ferme les yeux. Sa lèvre inférieure se gonfle d'une joie presque indécente. *Si la distance entre la Terre et le Soleil est de cent quarante-neuf millions et six cent mille kilomètres, c'est-à-dire vingt-six ans en avion, me rapprocher de Blanche, où qu'elle soit, n'est donc qu'un jeu d'enfant.* Partir. Juste un déplacement dans l'espace. L'important étant de rester soi. En toutes circonstances. Un conseil de son père, suivi à la lettre. Où qu'il soit, trouver refuge en lui-même.

Derrière ses paupières closes, il lui semble discerner le contour d'un visage. Celui de Blanche. Sur les coussins, il sent son parfum. Il scrute chaque recoin de la pièce, se dénude et se dirige vers la douche. Le ruissellement du savon esquisse des coulures opalescentes sur ses poils pubiens, le long de ses cuisses. Il a un corps d'athlète. Une cicatrice lui barre le dos. Il la caresse du revers de la main.

— Papa Pater, pourquoi ma mère est morte ?

— Les hommes ne s'aiment pas, petit Marcel. Chacun porte une blessure ineffaçable. En venant au monde, déjà, quelque chose nous manque. Nous a été arraché. Ce vide nous aspire, nous fragilise. Après, tout dépend des premiers temps de notre existence, du pays où l'on voit le jour, de la famille dans laquelle on grandit. Si on n'apprend rien et si on ne met pas à profit cette absence en soi, à soi, alors l'autre, quel qu'il soit, devient objet de convoitise, d'incrimination, d'inimitié. Mais si cette blessure est accueillie, choyée, transformée, alors elle nous pousse en avant.

— Oui, mais... Pourquoi ma mère est morte ?

— Au début, les hommes vivaient sans frontières pour les diviser. C'était la survie avant tout. Jusqu'à ce que l'autre apparaisse. L'autre, c'était l'étranger, l'inconnu, celui qui engendre la peur. Au lieu de se rapprocher, comme des frères, chacun s'est défendu. Chacun a dit : « Ça, c'est à moi. » Alors, voilà. Aujourd'hui, il y a des tribus, des clans, des religions, des superstitions, des riches, des pauvres, des beaux, des moins beaux, on est blanc, moins blanc, plus noir, moins ceci, plus cela, et les différences sont devenues un ennemi à abattre. Ta mère, par exemple, était différente pour les autres.

— Différente de quoi ?

— Elle n'appartenait pas à la bonne communauté. Celle qui était au pouvoir dans ce pays. Et puis, elle était trop indépendante. Ne se mélangeait pas aux autres femmes. On disait même qu'avec ses airs réservés, comme venue d'une autre contrée, ce devait être une sorcière. Quand la fureur est montée des campagnes, des villes et des haut-parleurs où les chefs intimaient l'ordre de se débarrasser des impurs, nos voisins sont venus arracher le cœur de ta mère.

— Nos voisins ? Simo et Layla ? Qui habitent au début de la forêt ?

— Oui.

— Et toi ! Tu ne l'as pas vengée ?

— Non, petit Marcel.

— Alors, c'est moi qui vais les tuer ! Tout de suite !

— Calme-toi et touche le coin de ton visage. Oui, comme ça. Tu la sens, ta balafre ? Et maintenant ton dos. Tu peux palper cette autre cicatrice ? Aussi longue que l'estafilade d'un coup de sabre. Ils ont voulu te tuer, toi aussi. Tu as survécu. Comme un guerrier. Grâce à ton courage. Et aux onguents que je t'ai préparés. Des recettes apprises de ma mère. Quand on est sortis de notre cachette dans la montagne et que la guerre était finie, j'ai voulu rentrer chez nous. Nous sommes passés devant la maison de Simo et Layla. Ils pleuraient. Ils avaient tué ta mère et tu vivais. Ils n'y comprenaient plus rien. Tes cicatrices sont ton pacte. Ta colombe de la réconciliation. Même si tout cela devait recommencer.

37

Dans l'épicerie de sa rue, Blanche a fait le plein de citrons, de menthe, de basilic. Étendue sur le banc-lit de la terrasse parfumée, elle regarde le soir tomber, en sirotant le reste d'une bouteille de gin trouvée sous l'évier. Posé sur ses genoux, son téléphone. D'abord taper son nom. Les premières pages s'ouvrent. Elle les connaît déjà. Lui et sa nouvelle femme, son dernier livre, ses interviews. Blanche affine ses recherches. De nouvelles photographies apparaissent. Yossef sur une scène. Yossef en dédicace derrière une pile d'ouvrages. Yossef un verre à la main, avec un ministre chilien. Elle voudrait le taper, lui mordre les doigts, les lui arracher. Au bout de ses longs bras, jaillissant de sa veste impeccable, plus que deux moignons. « Impossible de tenir un stylo maintenant ! » lui hurlerait-elle. Visage éclairé par le rayonnement bleuté, Blanche ressemble aux millions de jeunes femmes pianotant sur leur écran. Seule, au milieu des tours, des maisons, des avenues, des places, elle n'est qu'un point, perdu, à moitié effacé par la pollution stagnante. Une évanescence, juste avant la nuit.

« *In memoriam.* » Les deux mots jaillissent, en exergue, au milieu des colonnes de texte. Prononcés tout haut, ils s'insinuent entre la langue et les lèvres. Tus, ils s'entrechoquent dans l'antichambre des tourments. Blanche change de page, furète, retourne en arrière, relit attentivement : « *In memoriam, Planet Publications and the publishing industry are saddened with the news that French writer Yossef Lawrence passed away last month, after a very short battle with cancer.* » Hébétée, elle tape à tout-va. Surfe sur tous les sites, français, anglais, espagnol. La nouvelle se répand. L'incendie se faufile en elle, l'embrase. Mort. Yossef est mort.

Corps flétri, sans vie. Le désert de son ventre, de son torse, de son sexe. Peau tarie, aride. Inodore. Son parfum de géranium gommé. Plus de mots, plus de livres. Un cri figé sur ses lèvres. Plus d'histoire, passée ou à venir. Même volée ou corrompue. Plus de doutes, d'espoirs, de fantasmes. Rien que des scories errantes avec les vents et les courants. *Où s'enfuit le souffle ? La pensée ?* Elle se redresse, chevilles étrangement souples, cœur bringuebalant. Entre douleur et soulagement. Ses bras pendent dans le vide. Elle aurait beau remuer ciel et terre. Ni attente, ni cauchemar. C'est terminé. Plus rien n'y fera.

Elle fait couler un bain. Glacé. Se laisse tomber en boule dans l'eau. Ses cheveux dessinent une anémone à la surface du liquide inhospitalier, ses orteils jouent avec le robinet, courent sur le pourtour de la baignoire. Blanche est si grande qu'elle ne sait que faire de ses jambes. Elle finit par les laisser retomber mollement par-dessus bord, plonge la tête sous l'eau, écoute le tintement sous-marin, le cliquetis de ses tympans. Yossef est mort. Et les cartes postales, plus anonymes que jamais.

Lorsqu'elle émerge des flots, à bout de souffle, elle est déterminée. Elle va offrir sa nuit blanche aux étoiles.

38

L'Aquario est en feu. Moyenne d'âge, trente ans. Atmosphère indifférente près du bar, brûlante sur la piste. Dès qu'elle sort de l'ascenseur, Blanche entre en ligne de mire. Les manches ballons de sa robe soulignent son décolleté, sa nuque. Son carré blond titille le coin de ses lèvres, sa frange balaie la ligne horizontale de ses sourcils. Elle a fardé ses paupières de noir, comme un nuage menaçant par-dessus ses yeux. Elle boit cul sec trois gin-fizz. Deux beaux gosses émoustillés s'extasient sur ses chevilles graciles, la longueur de ses jambes, la valse de ses bras finement musclés lorsqu'elle porte son verre à ses lèvres. Elle règle sa note au barman, refuse le cocktail offert par son voisin, un Américain à l'accent prononcé, chevelure décolorée retenue par un catogan, se déchausse, pose ses escarpins sur le comptoir. L'alcool entre en collision avec l'once de raison qui lui reste. Elle effectue un détour par les toilettes. Des poignées de clientes s'affairent, trousses de maquillage, portefeuilles et sachets de cocaïne étalés sur le rebord des lavabos. On la laisse traverser, sans ciller. Elle passe les mains sous l'eau, relève la tête, se voit dans la glace. Sa bouche se découpe, presque incarnat, sur la lividité de sa peau. Une bouffée de chaleur l'envahit. Son visage se brouille. Dans son reflet apparaissent une nouvelle fois les traits de Marcel, flous d'abord et de plus en plus nets, leurs deux faces comme superposées, lèvres contre lèvres, nez contre nez, front contre front, sa grâce et la virilité du jeune homme ne faisant qu'un. Son ventre se contracte. Elle se sauve.

Sous les bandes lumineuses fluo qui s'entrecroisent au-dessus de la piste, Blanche se fond dans les boucles répétitives, superposées, scandées. Vieux tubes remastérisés, house, techno, basses à fond. Les notes, qui n'en sont plus tout à fait, malaxent une ritournelle efficace. Un cercle s'est formé autour d'elle. Sa danse est particulière. Elle est possédée, parfaitement calée sur le tempo. Une princesse dans l'arène, pieds nus, dégingandée. Yeux mi-clos, elle embrasse la capitale à travers les panneaux transparents qui enserrent le rooftop, chiffonne le ciel de ses pupilles dilatées. Les étoiles s'enchevêtrent. Des filaments d'air frais fusent entre les danseurs, caressent jambes et épaules. Les minutes passent. De son mètre quatre-vingts, elle a une belle visibilité, balaie la canopée de visages, grimés, suintants, cheveux torsadés, perruques, crânes tatoués, le voit, là-bas, se dirige vers lui. Arrivée à sa hauteur, elle ralentit, le contourne, se remet à onduler, mains tendues vers le firmament, femme-serpent. Elle le prend dans son lasso.

Le jeune homme vient de dire à sa bande qu'il doit rentrer. Il a une présentation à terminer pour le lendemain et doit monter un de ses chevaux avant de l'emmener à Valparaíso. Il s'apprête à partir, mais Blanche est entrée dans son champ de vision, visage démodé, silhouette fragile et assurée en même temps. Il pense à *La Toilette de Cathy*, de Balthus. Cela le met mal à l'aise. Il fait quelques pas vers la sortie, tourne la tête, la voit de dos, robe ondoyante, port de tête altier, elle n'a tellement rien à voir avec les autres filles. Sans comprendre ce qui lui arrive, il se dirige vers elle, ne maîtrise plus rien. Lorsqu'il se penche et lui murmure quelques mots à l'oreille, elle attrape son bras, l'entraîne vers le bar, où elle récupère ses escarpins. Il s'agenouille pour les lui enfiler, en soulevant délicatement son talon. Voit les deux veines zigzaguant de la naissance de ses phalanges à sa cheville. Il est chamboulé.

39

Tout défile comme en accéléré, le voiturier qui ouvre la porte et invite Blanche à s'installer côté passager, la Chevrolet qui vrombit, la ville comme une abstraction lumineuse, le portail électrique, la villa d'architecte, un Martini dry, qu'elle boit d'un trait, puis un autre. Lui, la regarde. Ne boit pas une goutte. Blanche est ivre, le fixe, regard flou, un peu fou, lui dit de ne pas s'en faire. Un éclair illumine le jardin, fait disjoncter les compteurs. Il l'attrape par la nuque. Avec douceur. Elle se laisse faire. Ils s'enfoncent dans les braises. Un enchevêtrement organique, végétal. Trois heures de ravissement, peaux luisantes. À la surface des draps, au bord du lit, à même le sol. À la limite de la défaillance.

L'aube s'annonce. Blanche se redresse, chancelante, radieuse, pousse les battants en bois de la salle de bains, se douche en un clin d'œil, revient dans la vaste chambre, laisse son regard errer du côté de l'interminable baie vitrée, papillonner dans la verdure – échappées bleues entre les feuilles frémissantes, vol de colibris. L'homme regarde ses courbes, ses fesses androgynes, son grain de beauté comme vissé dans sa colonne vertébrale, se lève. Sur les draps, des marques vermeilles. Ils n'ont toujours pas échangé une phrase. Au moment où il va parler, elle se retourne, le désarçonne. Alors, dans le blanc qui s'éternise, elle le lui dit, comme ça, une banalité comme une autre.

— Vous êtes le premier.

Il accueille ses paroles avec stupeur, cherche ses mots. Elle s'avance, sculpturale, baise son front, apaisée. Elle a donné sa virginité à une chair inconnue, dans les draps d'un lit anonyme. Elle est prête.

Dans la rue déserte, où gisent encore les vestiges de l'orage nocturne, baies, brindilles, Blanche hèle un taxi. Une fois chez elle, elle s'allonge par terre, fait défiler le film de son enfance, en accéléré. Les leçons d'équitation dans la campagne santiagoise, les premières pistes à ski au Valle Nevado, les méharées imaginaires dans les fosses sableuses du golf où sa mère avait ses habitudes, les récréations sans copines et sans fin, la mort de Pedro, le petit chien repêché dans le caniveau après un déluge qui avait fait fermer l'école française pendant plusieurs jours, sa chambre sur deux niveaux, avec le recoin où elle lisait des contes la nuit lorsque l'heure du loup se faisait trop toxique. Et puis, bien sûr, l'arbre qui pleure au fond du parc et les soirées en tête à tête avec Mademoiselle tandis que sa mère était en représentation. Elle revoit le jour de l'accident, l'enterrement de sa mère, son arrivée en France, les années de pension, comprimées en un long tunnel. Heures de cours, travail, sommeil agité, isolement. Les vacances chez Mère-grand, les calanques, Sormiou, Cortiou, Mélette. Les livres, toujours les livres, un bienfait à cette époque. Enfin, son baccalauréat, mention très bien, la prépa, son admission à Ulm. Affalée dans l'entrée, elle s'endort, sa robe abandonnée à côté de ses escarpins.

L'ardeur de midi la réveille. Elle a la migraine, rampe jusqu'à son sac. Une aspirine. Son téléphone. Un message de Mademoiselle l'accueille : « Je t'attends. Cela fait maintenant plusieurs jours que tu es à Santiago… » Blanche propose un rendez-vous le soir même. La réponse ne se fait pas attendre : « Je t'envoie le chauffeur à dix-neuf heures. »

Étendue sur le sisal, elle attire à elle la bandoulière de son appareil photo. Son Nikkormat émerge. Elle lui trouve un air misérable.

— Il est à toi, Blanche. Fais-en bon usage. Je n'en ai plus besoin. J'ai brisé la glace. Je vois clair à présent.

C'était le jour de ses neuf ans, elle se rappelle avoir eu peur de ces mots, *briser la glace*, et de s'être contentée de ce legs, sans comprendre. Sa mère était tellement équivoque dans ses propos. Et avare de gestes. Un cadeau décisif, gardé précieusement. Comme un talisman.

40

Après avoir claqué la porte et dévalé les escaliers, Marcel se dirige vers le Thémis. Dans son empressement, il bouscule légèrement un passant, s'excuse dans une langue qui remonte des entrailles, par les artères, la salive. Cela fait longtemps qu'il n'a pas parlé dans sa langue natale. Il a à peine le temps de s'en faire la remarque, de prendre conscience de la portée de ses mots, de tout ce qu'ils embrassent, la naissance, le lieu, le ventre, que déjà le type le moleste, l'offense, le traite de bougnoule, de dégénéré, d'étranger. Nestor, cigarette à la bouche et bedaine enflée sous sa chemise hawaïenne, lui fait signe, d'un mouvement de la main.

— Allez, viens ! Laisse-le.

Marcel puise en son for intérieur. Une vague de calme se répand dans ses vaisseaux, s'insinue dans ses terminaisons nerveuses. Il dessine une arche au-dessus de l'enragé endimanché. Alors naît un dôme rosé, au-dessus des immeubles. Le vent se lève.

Marcel rejoint son patron, s'installe avec lui autour du guéridon en formica de l'arrière-cuisine, sur lequel sont posées deux tasses ornées d'un logo. Le café est âcre et lavasse. C'est celui de la Thermos.

— Il faut que je vous parle, Nestor. Je pars.

— C'était sûr que tu ne faisais que passer. Depuis que je t'ai vu, tu me fais penser à ce type qui jouait dans *Kung Fu*. Kwai Chang Caine. Je ne ratais pas un épisode quand j'étais gosse. C'est pas que tu lui ressembles, mais tu laisses la même impression. Tu fais du bien. Comme si tu réparais quelque chose.

Il marque un temps, poursuit.

— Ça me fait de la peine que tu t'en ailles. Mais, dis donc, j'ai quand même une question. Tu ne caches pas quelque chose ? Je sais pas, moi, un truc religieux ou sorcier ? Tu vois ce que je veux dire ?

Marcel réprime un éclat de rire. Lui sourit avec bienveillance.

— Ne vous inquiétez pas. Même si au fond, oui, il y a peut-être un peu de ça. Mais pas au sens où on l'entend en général.

— En même temps, je les ai vus, moi…

Une sirène couvre sa voix.

— …tes pouvoirs.

— C'est vous, Nestor, qui dites que ce sont des pouvoirs. Alors que c'est juste une autre manière d'être. Et de voir.

— Quand même ! Tu fais apparaître des papillons, des arcs-en-ciel…

— Vous les avez donc vus ?

— Ben oui !

— C'est donc vous qui avez un pouvoir. Celui de voir.

— Qu'est-ce que tu racontes ? Arrête de m'emberlificoter.

La salle s'est remplie. Dans les yeux de Marcel et de Nestor se lit la tristesse de l'inéluctable. Le surgissement aussi d'une estime réciproque restée jusque-là feutrée.

— J'ai besoin de vous.

— J'ai compris, Marcel. Des papiers ?

— Je dois traverser l'Atlantique. Avion, douanes, frontières. Je veux être tranquille.

Sur l'écran plasma fixé au-dessus des éviers, les images d'un volcan en éruption. Un texte qui défile : « L'Etna s'est réveillé dans la nuit de vendredi à samedi. Les explosions et les coulées de lave proviennent d'un des cratères situés sur la zone désertique du sommet sicilien. » Les deux hommes lèvent la tête.

— La Terre est en train de péter !

— Je pense plutôt qu'elle essaie de dire quelque chose.

— Drôle de façon de s'exprimer, non ?

— On dit les choses comme on peut, vous savez.

Le cafetier attrape un carnet, un Bic rongé. La recharge à moitié découverte tangue avec le mouvement de sa main. Il rédige quelques mots qu'il montre immédiatement à Marcel : « À partir de maintenant, tout ce qui concerne les papiers, on n'en parle jamais tout haut. » Puis, il arrache la page, la froisse, lance la boulette dans la poubelle, au milieu d'épluchures, de marc de café, et se remet à noter : « On garde ton prénom ? Marcel ? Moi, j'aime bien Mektoub. C'est bien, non, Mektoub ? » Le jeune homme sourit, saisit à son tour le stylo : « Je ne préfère pas. Je ne crois pas à la fatalité. Et, ça, c'est le vrai sens de *mektoub*. On garde Marcel. » Il réfléchit : « Marcel Manuel. Tout simplement. »

Nestor reprend alors tout haut.

— Au fait, t'as quel âge ?

— Trente et un ans.

Un serveur entre brusquement, les fait sursauter.

— T'es là, Marcel ? Tu peux venir m'aider ? Y'a un monde fou.

Absorbé au-dessus de son carnet, le patron fait mine de travailler, griffonne, signifie d'un signe à Marcel qu'il peut y aller.

À la fin du service, du rush, entre salle, terrasse et cuisine, Nestor a disparu. Marcel n'a prévu ni de rentrer chez lui, ni de dormir. En refermant la porte de service derrière lui, il trouve quatre feuilles de recommandations, pliées dans la poche de sa veste. Il fouille dans les tiroirs. Un roller, un morceau de carton. Écrit quelques mots, qu'il punaise entre l'emploi du temps et les consignes sanitaires : « Qu'un ami véritable est une douce chose ! » Pour Marcel, une des plus belles fables de La Fontaine.

41

Blanche, persuadée que son ancienne gouvernante habite tout près de l'appartement qu'elle lui a loué, se penche vers le conducteur.

— Vous ne vous êtes pas trompé ?

— Je connais mon chemin !

Elle n'insiste pas. Cela lui pèse tant de retrouver Mademoiselle. Remuer le passé, rangé, escamoté. Déranger les morts. La ville défile. Les souvenirs n'en finissent pas de l'assaillir. Elle est à l'arrière, comme aujourd'hui, tresses remontées sur la tête, ses yeux atteignent à peine le bas de la vitre. Le bruit, la valse des gens, les voitures, l'assomment. Sa mère est au volant. Mademoiselle à sa droite. Elles rient, cheveux au vent. Comment se fait-il que sa gouvernante, toujours tirée à quatre épingles, chignon strict, se laisse aller comme cela ?

La route paraît interminable. Après un carrefour, il lui semble identifier une rangée de poivriers sauvages plantés de travers. Le quartier de son enfance. Ce n'est pas une impression. L'automobile s'engage dans l'impasse où elle habitait petite fille, ralentit le long de la haie de sa maison. Le portail s'ouvre automatiquement, la Mercedes s'engouffre dans l'allée. Blanche reconnaît la moto de sa mère. Une Vincent Black Shadow, offerte par l'inénarrable Jean Babilée, avec qui elle entretenait une relation très épisodique. Un vieux monsieur déjà, dont la Consule aimait raconter, dans les moindres détails, la gestuelle, les entrechats, la grâce et la puissance. Elle avait en commun avec le danseur, rencontré au Flore, son café attitré lorsqu'elle vivait à Paris, la danse et les motos. Deux passions qu'elle mettait en honneur lors de discussions enflammées avec ses invités, dans la salle de réception. Blanche n'a pas oublié ces dîners mondains. Elle espionnait tout ce petit monde, jusqu'à la fin de la nuit. Cachée derrière l'amphore, dans le coude de l'escalier.

Blanche n'a pas oublié, non. Elle revoit maintenant sa mère, harnachée de sa combinaison de cuir blanc, à califourchon sur son engin briqué à la perfection. La Consule maîtrisait le démarreur mieux que quiconque, disparaissait dans l'allée, partait fendre les aurores embrumées le dimanche ou encore l'obscurité métallique les soirs de pleine lune. Elle attaquait les avenues, quittait le paysage urbain, avalait les routes de montagne. Aux aguets, à l'heure où la nuit fait place au jour, la petite fille déjà insomniaque, prête à affronter les loups, la regardait s'éclipser sur sa machine rugissante, amazone vrombissante, mère adorée, toujours en fuite.

La voix de Mademoiselle l'arrache à ses souvenirs.

— Bienvenue, Blanche.

Sourire en biais, bras grands ouverts, elle l'embrasse, y met une pression affectueuse, l'invite à contourner la demeure, à monter les marches de la contre-terrasse. Blanche fait volte-face, se tourne vers le parc. La piscine à droite. Les jardinières, la roseraie et les bassins à gauche. Là-bas, tout au fond, dans l'obscurité, une grande tache sombre. Son arbre.

— Je ne comprends pas. Vous vivez encore chez nous ?

Une immense gêne plane dans l'air chargé d'humidité. En contrebas, Blanche aperçoit une petite grenouille de Darwin. Vert anis, bouche en pointe.

— Cela fait vingt ans que ma mère est morte.

— Je sais. Mais à moi de te faire part de mon étonnement. Comment se fait-il que tu aies mis autant de temps à revenir me voir ?

Blanche esquive. La voix de la gouvernante se resserre. Son visage se fige.

— Je t'ai attendue. Au début, j'ai pensé que tu étais encore trop jeune. Et puis, les années ont passé et je n'ai pas compris. J'espérais que l'initiative viendrait de toi.

Dans la maison, rien n'a changé. Ou si peu. Juste une question d'appréciation, de perception. L'entrée, la salle de réception, le bureau, semblent avoir rétréci. Petite fille, Blanche s'amusait à compter ses pas d'une pièce à l'autre, d'une arcade à l'autre. Trente-trois de la commode à la baie vitrée. Elle se lève sans plus faire attention à son hôtesse, refait le même trajet. Plus que douze pas. Même distance, même lieu. Seul le temps s'est resserré. Il accélère. Blanche a grandi, un peu vieilli.

— Blanche ? Tu m'écoutes ?

Elle sursaute, revient s'asseoir, l'air abattu, se ressaisit.

— Oui, je vous écoute. Je suis là pour cela, il me semble.

Mais elle n'en a que faire. Elle a presque envie d'adopter une attitude cruelle. Ce n'est pas parce que Mademoiselle s'est occupée d'elle quelques années, qu'elle est obligée de ressentir quelque chose de particulier. Encore moins de l'aimer. De toutes les façons, elle n'a jamais appris ces choses-là. Ou peut-être si, un peu, auprès de son arbre. Alors, elle prend la tangente, comme elle l'a toujours fait. Faire mine et puis s'enfuir par la pensée. La gouvernante reconnaît là l'habitude de l'enfant d'autrefois.

— Tu ne vas pas recommencer ? Pourquoi esquives-tu ? De quoi as-tu peur ?

Blanche est déjà ailleurs. Du côté de Beaurecueil. Cela sent le ciste. La montagne blanche, dressée dans le ciel pur, se déploie en accordéon, joue un air écorché. Craquements, échos, silences. Une musique pétrifiée. De l'autre côté de l'Atlantique, la bête de pierre se lamente. Appelle les pas de Blanche.

— Tu ne veux rien savoir ?

— Je ne sais pas. Je trouve étrange, voire anormal, d'être ici. Sans ma mère. Et sans raison. Pourquoi toutes ses affaires sont-elles encore là ?

— J'ai longtemps hésité à te retrouver. J'appréhendais. Comme je te l'ai déjà dit, j'avais l'espoir que tu me contacterais. Que tu en aurais le désir.

La porte vitrée claque, une pluie torrentielle s'abat sur le parc, des grains glacés s'écrasent sur la terrasse.

— Tu ne sais rien de moi. Il faut quand même que je t'éclaire sur un certain nombre de choses.

C'est le déluge avant l'avalanche de mots. Des mots prêts à bondir hors de la bouche de Mademoiselle. Une bouche comme une cicatrice, lèvres à peine dessinées.

— Pour toi, j'ai toujours été la nurse, la remplaçante, lorsque ta mère était absente. C'est-à-dire à peu près tout le temps. Jamais tu n'as eu un regard pour moi. Jamais un câlin. Malgré mes gestes tendres et mon attention de tous les instants. As-tu oublié ?

Blanche voudrait regagner ses refuges, ses zones de repli. Elle se soumet aux reproches, mains posées sur les genoux, jambes jointes, sage. Sa frange, entrouverte, dévoile un nouveau sillon sur son front. Mademoiselle est troublée par sa beauté singulière. La ressemblance de ses expressions avec la mère défunte aussi. Elle va tout lui dire.

42

— Je m'appelle Clotilde. Le savais-tu ? Clotilde Germain. Je suis née au Havre. Mon père est mort lorsque j'avais trois ans, écrasé sous un poids lourd, alors qu'il changeait un pneu. C'est bête, n'est-ce pas ? Ma mère gagnait sa vie en faisant des ménages chez les notables du coin. Je suis allée à l'école, comme il se doit, celle du quartier, en préfabriqué. À la fin du collège, on m'a dirigée vers une voie professionnelle. « La coiffure te conviendra parfaitement », m'a annoncé l'orientatrice scolaire, en me complimentant sur mes cheveux parfaitement coiffés. Tu vois, Blanche, on est peu de chose parfois.

Dans le fauteuil Voltaire où elle s'est assise, Mademoiselle parle d'une traite, reprend son souffle.

— J'ai grandi dans un rez-de-chaussée, près du port. Un deux-pièces. Une chambre pour ma mère. La cuisine-salle à manger qui faisait aussi office de salon et de chambre à coucher pour moi. Pour être plus exacte, je dormais sous les étagères à conserves, recroquevillée sur une sorte de banquette devenue trop courte avec le temps. J'en ai gardé des douleurs aux cervicales et dans le bas du dos. Qu'importe, je vis avec.

Blanche n'en revient pas. Chaque fois que Mademoiselle ouvre la bouche, elle reçoit une salve de mots. Comme si sa gouvernante avait besoin de vider tout l'air de ses poumons d'un seul coup. Sans s'arrêter. Et en y mettant le plus d'informations possible.

— Mon monde, c'étaient les grues, les écluses, les cales sèches, les conteneurs. Je passais mes dimanches à observer le va-et-vient des remorqueurs, mes vacances à faire la serveuse au Amis de Stef, la guitoune préférée des manutentionnaires et des marins. On leur proposait des steaks de thon ou du porc grillé, cuits au barbecue, entre deux tranches de pain blanc, mayonnaise et moutarde en option, bière brune, bière blanche, bière pression, bref, y'en avait pour tous les goûts. Stef, ce n'était pas le nom du patron. En réalité, il s'appelait Petro.

Le visage de Mademoiselle s'est empourpré. Son changement d'intonation, sa familiarité, surprennent Blanche. Elle croise les bras, se concentre.

— Lorsque mes seins, oh, ils n'ont jamais été bien gros, ont poussé, ils me sont tous passés dessus. Tu comprends ce que je te dis, n'est-ce pas ? À treize ans, je n'étais plus vierge. Un homme entre les jambes, c'était juste une formalité, une de plus, avec l'apprentissage de la coiffure, la boucler à la maison, supporter les coups de gueule de ma mère qui se déglinguait avec le temps, l'alcool, un zona récidivant, l'horizon bouché. On n'avait pas un sou et elle m'interdisait de m'éloigner. Inutile de te dire que j'avais vite fait le tour des possibilités. Et des impossibilités. Heureusement, la fille de Petro m'aimait bien, va savoir pourquoi. Ce qu'elle est devenue, je me le demande, mais au moins elle a eu du bon. Oui, du bon.

Blanche aimerait qu'elle se taise. Pourquoi Mademoiselle a-t-elle besoin de lui raconter tout cela ? Une drôle d'idée que de l'avoir fait venir à Santiago pour lui débobiner un tel marasme.

— Tu te dis que tout cela est bien sordide, même un peu agaçant. Peut-être, oui, mais c'est comme ça. Je n'invente rien. Bref, c'est la fille de Petro qui m'a ouvert les yeux. Un jour, elle m'a suggéré qu'on aille se faire une toile. « Une toile ? » j'ai repris, méfiante. « Ouais, un film, quoi », elle a répondu. Alors, j'ai demandé si ça coûtait cher. Elle m'a rassurée. « T'inquiète, je connais le type au guichet, il nous laissera passer gratos. » Je l'ai suivie. Des cinémas comme ça, on n'en trouve plus. Trois petites salles qui sentaient les pieds et la choucroute, avec des fauteuils disloqués et des écrans moitié moins grands que les normaux. Mais des films,

Blanche, si tu savais ! Les meilleurs, ceux dont personne ne veut, les vieilles bobines en noir et blanc, les versions originales, tout un univers. Surtout pour moi, qui ne lisais jamais, écrivais avec plus de fautes d'orthographe que ce qu'on peut compter de taches de graisse autour d'une cuisinière. Dès la première projection, une autre planète s'est ouverte à moi, dont le monde se résumait à quelques encablures.

À ces mots, Blanche se remémore une phrase entendue il y a bien longtemps. Une phrase qui l'avait marquée. « Un enfant qui ne sort pas de son village devient idiot. » La sentence lui avait paru rude. Est-ce cela dont lui parle Mademoiselle ? S'ouvrir au monde…

— Pourquoi ne poses-tu jamais de questions, Blanche ? Tu ne t'intéresses pas, tu fuis, tu évites les échanges. Tu ne veux pas savoir ? Tu ne veux pas comprendre ? Ce qui s'est passé ? Qui était ta mère ? D'où tu viens ? Bon sang, tu as trente ans. Il est temps. Moi, bien plus jeune que toi, ma mère, je l'avais examinée sous toutes les coutures. J'avais décortiqué ce que je pourrais en tirer. D'elle, et de tous les autres. Une question de survie. Mieux que ce que je suis capable de faire d'une araignée de mer. Ces bêtes-là, je leur suce la carapace jusqu'aux branchies et aux mandibules. Bref, quand j'ai englouti tout le cycle sur l'Amérique latine, Puenzo, Solanas, Larraín et j'en passe, en me faufilant à chaque fois par la petite porte que m'avait indiquée le guichetier, j'ai su qu'il fallait que je parte. Loin. Très loin.

Bien que cette histoire lui soit étrangère, certains éléments la remuent, entrent en résonance avec la sienne. Blanche se lève, arpente le bureau.

— Tu es trop indifférente. Cela me désole. Qu'as-tu fait de tes chagrins ? Rien ne t'a consolée ? Apaisée ? Que s'est-il passé ? Ai-je ma part de faute ?

Dans le parc inondé de grêle, d'eau, de feuilles déchiquetées, un homme passe, légèrement courbé sous une cape imperméable, un râteau et un sac de déchets à la main. Est-ce le même jardinier qu'autrefois ? Blanche voudrait filer sous la pluie. Aller se blottir sous son arbre.

— Il faut que tu saches. Que tu comprennes. Peut-être que cela t'aidera ? J'ai donc fait mon sac, pas grand-chose, surtout ma brosse et mes épingles à cheveux, la fin d'un rouge à lèvres, retrouvé sous une table chez Petro, et la paire d'escarpins aux talons rognés que me demandaient de porter les types qui me basculaient sur le lavabo de la guinguette. Ah oui, et aussi tous les prospectus des films que j'avais dévorés des yeux. Bref, quasiment rien. J'ai embarqué sur le *Grimaldi*, un cargo pour le transport de véhicules et de containers. À l'œil. Enfin, pas tout à fait. Pendant tout le voyage, je passais d'une cabine à l'autre, en fonction des appétits de l'équipage. Vingt-trois jours. Avec des escales à Bilbao, Dakar, Conakry, Freetown, Salvador, Rio... Une fois à Buenos Aires, j'ai été embauchée comme femme de ménage dans un hôtel minable. Les années ont passé. Pour arrondir mes fins de mois, je me prostituais, avec des types déprimés, des divorcés, des veufs, des puceaux. Jusqu'au jour où une journaliste anglaise s'est installée quelques semaines à l'hôtel où je travaillais. « Tu devrais mettre une annonce pour les familles d'expats. Ils cherchent des gouvernantes pour leurs gosses. Tu présentes bien et tu parles le français. Tu vivrais mieux. » Elle avait été envoyée par son journal pour faire un reportage sur les bidonvilles de la capitale. Le soir, on faisait l'amour. À en perdre la tête. Pour la première fois, j'éprouvais du plaisir.

43

Dans l'enfilade de pièces de la grande bâtisse, un souffle traverse la pause silencieuse des deux femmes. Blanche se l'était pourtant dit, que c'était fini. Qu'elle tournait définitivement le dos au passé. Elle se l'était dit. Mais la vie a ses inconnues. Ses contrecoups. La maison de son enfance est en train de s'écrouler. Comme un château de cartes chancelant. Pouvait-il en être autrement ? De l'autre côté de l'Atlantique, dans une demeure où elle ne devrait plus se trouver, Blanche affronte son histoire. Et celle de sa mère défunte. Réduite en poussière.

Pour sa mise en bière, on lui avait mis sa robe de cocktail en gazar, son collier de perles et un châle lilas autour des épaules. Blanche ne sait même pas où elle a été inhumée. Peut-être a-t-elle été incinérée ? Elle a juste conservé le souvenir de trois moments. Les urgences d'abord. Le front brûlant de sa mère, qu'elle caresse pendant que le médecin parle à Mademoiselle. À l'écart. Les infirmiers s'affairent autour de l'accidentée disloquée, dont elle ne voit que le visage, intact. Le reste de son corps est recouvert d'un drap jaune. En salle de réanimation, ensuite. Son front est moite. Blanche l'essuie du bout des doigts. On l'a autorisée à rester près de sa mère, percluse, traversée de tuyaux, reliée à toutes sortes de systèmes de surveillance électronique. À condition que Mademoiselle soit là. Bip, bip, bip. Un enfer. Comme si chaque bip était un ultime appel à l'aide. Un dernier gémissement. Vivra. Vivra pas. Sur les écrans, des tracés, des chiffres, des signaux. Tandis que la Consule respire artificiellement, Blanche retient son souffle, le plus longtemps possible. Elle compte les secondes. *Si je tiens plus d'une minute, maman se réveillera-t-elle ? Si je lui parle, m'entendra-t-elle ?* La chambre funéraire enfin. Blanche a posé sa paume sur le front de sa mère, froid comme de la pierre. Elle grelotte dans sa robe à smocks.

— Ta maman est partie au ciel.

C'est ce qu'ils lui disent, tandis qu'elle la regarde fixement, voit ses joues frémir, ses lèvres prêtes à s'ouvrir, ses paupières trembler. *Elle est vivante ! Ils se trompent. Il faut que je la sorte de là ! Que vais-je devenir s'ils me la prennent ?* Trois souvenirs. Vivants.

Mademoiselle allume la lampe du secrétaire. La lumière orangée se répand sur les murs, caresse les vases sombres d'où s'échappent des bouquets de fleurs séchées, illumine une photographie de Blanche, petite fille. Elle reprend.

— Un jour, j'ai reçu un appel. Le secrétariat de l'ambassade de France au Chili avait pris connaissance de mon annonce et souhaitait s'entretenir avec moi. Après un long échange téléphonique, avec des tonnes de questions auxquelles mon imagination a répondu sans coup férir, ils m'ont demandé de venir à Santiago, tous frais payés, pour rencontrer mon éventuel futur employeur et la petite fille dont je devrais m'occuper. Lorsque Madeleine, ta mère, est entrée dans le bureau, ici, dans cette maison, où je l'attendais, anxieuse, toute ma vie a chaviré. La sienne aussi. Dès notre premier échange, nos vies se sont entrelacées. Inextricablement. Elle m'a indiqué le parc où tu jouais dans un bac à sable, au pied des marches de la terrasse. Je t'ai tout de suite aimée. Comme ma propre fille. Même si tu ne l'as pas compris. Je n'ai jamais insisté. Jamais pris la place de qui que ce soit. À mon arrivée, ton père avait quitté les lieux un an plus tôt. Tu ne dois même plus t'en souvenir. Un géniteur fantôme. D'ailleurs, tu portes le nom de famille de ta mère. De Varengéville. De mère en fille. Tu n'as pas eu le choix. Pour toi, je suis devenue Mademoiselle, ta gouvernante. Pour ta mère, Clo, son amour.

Blanche est sonnée. Elle puise dans ses dernières forces, s'enfuit dans l'obscurité mouillée, ivre d'une vérité qu'elle n'aurait pu échafauder. Ou l'aurait-elle pu ? L'air embaume la menthe sauvage, le lierre écrasé. Des coassements, aigus, métalliques, d'autres plus rauques, envahissent le parc où elle reprend pied, replace une à une les pièces du puzzle éclaté. Ses pieds s'enfouissent dans le gazon, la terre détrempée, se dirigent automatiquement vers le fond de la propriété. Tout lui paraît étriqué. Son arbre est là. Il n'est plus aussi majestueux qu'autrefois, mais il a gardé sa tiédeur, l'arabesque de ses branchages, cette assise si spéciale dans le galbe de son tronc. Elle se laisse choir au milieu des racines, à fleur d'humus, fait corps avec le tipa, pleure avec lui, se recompose, palpe ses avant-bras, ses mollets, redevient être de chair, d'un seul tenant, triste, remuée, mais complète.

— Ah, te voilà... Comme avant. Toujours fourrée sous ce vieil arbre.

Blanche glisse en se relevant, tente de s'éloigner. Mademoiselle n'a pas terminé. La rattrape près de la piscine.

— Ta mère et moi, on s'est aimées. Plus que tout.

— Que cherchez-vous ? Pourquoi me dire tout cela ?

— Pour que tu comprennes ton histoire. Te dire que je ne t'ai rien volé. Ni ta maman. Ni cette maison.

— De quoi parlez-vous ?

— Cette maison, nous l'avons achetée ensemble, ta mère et moi, avant sa mort.

Blanche l'interrompt.

— Mais je m'en contrefiche ! Gardez tout ! Je n'ai besoin de rien. Surtout pas de vos reliques maudites.

Mademoiselle la saisit par la manche, veut la prendre dans ses bras. Blanche se débat, repousse l'amante de sa mère.

— Ce n'est pas ce que j'ai voulu dire. Je n'avais que Madeleine… Pour elle…

Résister. Survivre à ce cataclysme. Blanche n'a qu'une idée en tête : faire taire Mademoiselle et partir sur-le-champ. Il lui semble entendre la voix de Marcel, ses intonations colorées : « Mets-toi à distance, laisse aller. »

— Avec ta mère, j'avais trouvé le sens de ma vie. Elle m'a aimée parce qu'avec moi elle était enfin elle-même. Débarrassée du mal qu'on lui avait fait.

Blanche s'immobilise, tend l'oreille. Dans son dos, Mademoiselle pleure.

— Avec moi, Madeleine avait enfin une épaule sur laquelle se reposer. Un être sur qui compter. Mère-grand lui avait fait porter tant de peines. Comme à ses autres enfants. D'ailleurs, à la mort de ta mère, elle a coupé tout contact avec moi.

44

Il est trop tôt pour déguerpir. Blanche l'a compris. Elle tourne la tête, regarde enfin Mademoiselle dans les yeux.

— Si elle était unique en son genre, Madeleine n'était pas fille unique. Elle avait un frère et deux sœurs, que tu n'as jamais rencontrés parce que la famille a éclaté lorsque ta mère avait vingt ans. Tu sais combien elle était belle et brillante. Inutile de te dire qu'elle était très courtisée. Par des hommes promis à des avenirs enviables. Jusqu'à ce que l'un d'eux la demande en mariage. Un polytechnicien, me semble-t-il. Pas très beau, mais extrêmement drôle et intelligent. Dès leur première sortie, Madeleine a été séduite. En cherchant bien, nous devrions retrouver une photographie où elle pose en tenue de soirée juste avant de descendre le retrouver.

Blanche esquisse un sourire. Certainement celle qu'elle a chez elle, à Aix.

— À l'annonce de cette possible union, Mère-grand a cru bon de réunir ses quatre enfants pour lever quelques secrets. Ton grand-père n'était déjà plus de ce monde, il avait été emporté par un cancer du larynx quelques années plus tôt. Il incombait donc à ta grand-mère de percer l'abcès. Seulement, l'abcès, personne n'en avait cure. Tout allait apparemment bien. Je dis bien apparemment, car chaque enfant avait développé des troubles du comportement, un sentiment de honte ou de culpabilité, parfois même des conduites violentes. Mais chacun menait sa barque. Ta mère était l'aînée. Elle semblait plus solide que les autres. C'étaient surtout ses capacités intellectuelles prodigieuses qui la maintenaient debout. J'en viens au fait.

Un silence interrompt le monologue de Mademoiselle. Un vide immense.

— Ton grand-père, que tu n'as pas connu, partait sans cesse à l'étranger. En mission. Je ne peux pas te dire exactement où ni comment, car son activité professionnelle était confidentielle et totalement opaque. Tout ce que je sais, c'est que Mère-grand le détestait. Elle a décidé de le détruire aux yeux de ses enfants. « Votre père est un criminel. Il participe à des ignominies. J'en ai été le témoin. » Ce serait en l'accompagnant en voyage qu'elle aurait tout compris. Là aussi qu'elle aurait recueilli Madeleine, une toute petite chose encore vivante. Madeleine, une enfant du désastre et une adoption arrangée. Le jour de ce terrible aveu, vrai ou faux, toute la famille a éclaté en morceaux. Chacun a survécu, à sa manière, dans l'indifférence, le rejet, la cruauté, que sais-je encore. Chacun a fait ce qu'il a pu pour sauver sa peau. Ta mère, enfin diplômée, a demandé un poste aussi éloigné que possible de la France. Pour tout effacer. « Trois p'tits tours et puis s'en vont… » C'est l'expression qu'elle a employée le jour où elle m'a raconté son histoire. Certainement une façon pour elle de réduire toutes ces malédictions en d'insignifiantes marionnettes.

Blanche prend sa tête entre les mains. Une boule de feu. Un volcan prêt à entrer en éruption. Elle explose intérieurement. Contient le supplice de ces aveux. L'écheveau machiavélique de sa lignée. Redresse la barre.

— Et le polytechnicien ?

— Elle a refusé sa demande en mariage.

— Et mon père ?

— Madeleine avait de merveilleux amis. Ton père était de ceux-là. Ta mère aimait passionnément la danse. T'en souviens-tu ? Facundo était un éminent danseur de tango. Il avait une classe folle et ils s'adoraient. Il était beaucoup plus âgé qu'elle et n'avait aucune envie de fonder une famille. C'était un homme à femmes. Madeleine disait de lui qu'il avait été son âme sœur. Mais je ne connais pas toute l'histoire. Excepté qu'elle lui a demandé un enfant. Toi. Ils ont même été jusqu'à faire une insémination artificielle. Pas question pour ta mère qu'il la touche. Neuf mois plus tard, tu es née. *Blanche comme le jour*. Ce sont ses mots.

— Mon père est-il resté avec nous ?

— Un peu. Pas longtemps. Il a essayé. Ta mère ne pouvait plus supporter sa présence. Je ne sais pas vraiment, je n'étais pas là. Curieusement, il est venu me voir, il y a un an ou deux. Une seule fois. Sans explications. C'était déjà un très vieil homme. Il voulait savoir ce que tu étais devenue. Comme ça, subitement. Je ne savais pas grand-chose. Seulement que tu vivais dans le sud de la France. Je lui ai montré une photo de toi, trouvée sur Internet. Ta ressemblance avec la délicieuse Louise Brooks l'a émerveillé.

— Sur Internet ? Et il ne vous a rien dit de particulier ?

— Non. Je n'étais pas très à l'aise. Il m'a posé quelques questions. Je n'avais aucune nouvelle. Ni de toi, ni de Mère-grand.

Un rêve. Ou un cauchemar. Blanche a l'impression d'être dans l'irréalité la plus complète.

— C'est pour la maison, une histoire de succession, que vous m'avez fait venir ?

— Tu le fais exprès, Blanche ? Tu ne veux pas comprendre ? Tu dois certainement avoir tes raisons. Je me demande si j'aurais dû tout te raconter. Mais la vérité, c'est important. Pour se construire. Je voulais que tu saches qui je suis vraiment et quelle était la femme que ta mère a aimée. Même si pour moi elle est restée un mystère. Je vous devais cela. À toi et à elle. Et que tu saches que, malgré les tourments, tu avais toi aussi amené la lumière dans la nuit de Madeleine.

Blanche n'est pas sûre de bien réaliser. Elle craque.

— C'est moi qui l'ai tuée ?

— Pardon ?

— Oui, l'accident. C'est de ma faute.

— Mais non ! Absolument pas ! Quelle idée !

— À cause de mes jouets qui traînaient dans la voiture et des scoubidous qui tombaient parfois à côté des pédales…

Mademoiselle l'interrompt.

— Mon Dieu, Blanche ! Mais non. Qu'es-tu allée imaginer là ? Comment as-tu pu rester toutes ces années à croire à une telle folie ? Jamais de la vie. C'était un pur accident. Stupide. J'aurais dû revenir vers toi bien avant ! Pardonne-moi. Te rappelles-tu ces années où nous vivions ensemble toutes les trois ? Tu étais ma petite fille…

Blanche se souvient. De l'indifférence de sa mère à ses bobos d'enfant. De la présence constante de sa gouvernante. De son dévouement. Pourtant, hier comme à cet instant, elle ne ressent rien pour celle qui a suppléé la carence maternelle. Elle n'y peut rien. Mademoiselle l'a compris.

— Merci de m'avoir fait venir. Je ne l'oublierai pas. Surtout, ne vous faites pas de souci pour moi. Ça va aller.

Elle voudrait faire un geste. Un vrai sourire. Cela lui est impossible.

— Juste une dernière question, Mademoiselle. Comment avez-vous trouvé mon numéro de téléphone ?

— J'ai fini par me faire aider par les réseaux spéciaux des Affaires étrangères. J'y ai gardé quelques vieux amis.

— Et les cartes postales dont je vous ai parlé, c'est vous ?

— Les cartes postales ? Non, Blanche. Je t'assure. La vérité, tu la connais. Je t'ai tout dit.

45

Pour rejoindre Blanche, Marcel a opté pour deux escales. Lisbonne et São Paulo. C'est le trajet le moins onéreux qu'il ait trouvé. Son voyage par les airs s'achèvera à l'aéroport international d'Iguazú, en Argentine. De là, il continuera en car jusqu'au Chili, passera par Santiago del Estero et La Rioja, traversera la cordillère des Andes, un rêve d'enfant depuis qu'il a lu *Vol de nuit*. Nestor lui a offert les billets d'avion, glissés dans une pochette avec son faux passeport, plus vrai que nature, un téléphone, sa dernière paie, à laquelle il a ajouté un mois de salaire, et un mot écrit sur un bout de papier : « Maintenant tu sais ce que tu as à faire, Kwai Chang Caine. Bon vent ! »

Ce voyage, un coup de poker. Marcel est calme. Il appréhende surtout l'avion. Son premier vol. Ne s'est jamais déplacé que par la terre ou par la mer. Il s'installe à sa place dans l'appareil, pianote dans le vide, dix longs doigts agiles, récite une courte prière, dans un dialecte chuintant. Un halo bleu-vert, invisible à l'œil nu, enveloppe la carlingue et les ailes métalliques – deux longs tapis d'organdi constellés de reflets. Dans son carnet à spirale, où sont inscrits le numéro de téléphone de Blanche et quelques notes énigmatiques, il griffonne : « Où qu'il se trouve, l'homme est dans la nature. Même au fond d'une cave. Même au cœur d'une ville. Il est la nature. »

Lorsqu'il atterrit à Lisbonne, toutes ses appréhensions se sont évanouies. Dès lors, sur le vol qui le mène du Portugal au Brésil, Marcel ne cesse de noircir son carnet, en toutes petites lettres bleu nuit. Des rangées de pattes de mouche, à la suite. Un écrit atlantique, à l'aune de la nouvelle vie qui l'attend. Pour la première fois de sa vie, il a l'impression d'appartenir à une famille, l'humanité tout entière. Lui qui n'était qu'un fuyant, un migrant, pourchassé, montré du doigt, écarté, a conscience de l'absurdité de ce sentiment. Une sensation inopinée de plénitude.

Lorsqu'il appose trois petites étoiles pour clore son récit, une page avant la fin de son carnet, le Boeing amorce sa descente vers São Paulo. Il glisse son calepin dans la poche de sa veste. Plus qu'un changement d'avion dans la mégalopole brésilienne et ce sera le nord de l'Argentine. À Iguazú, fracture de deux cent soixante-quinze chutes. Dans l'immensité céleste, un halo orange point à l'horizon. Tout est si clair. Marcel croise les doigts.

46

Vêtue d'une robe, moulante des épaules à la ceinture, évasée ensuite jusqu'au-dessus des genoux, Blanche saute dans un taxi, direction L'Aquario. Trois gins secs, sans glaçons. Ses escarpins sont posés sur le comptoir. Délivrée des confessions de sa gouvernante, impatiente, elle prend d'assaut la piste, vipère syncopée, au rythme de samples composés d'extraits soul, acid, beat, se laisse embarquer par deux trentenaires baraqués, fait l'amour jusqu'au petit matin, prise en étau entre leurs muscles, leurs ventres, leurs bouches. Elle fait corps avec eux, leur feu, leur lave. Troublée par une telle fusion, s'extrait de la mêlée, enfile sa robe, parfumée de substances les plus intimes. S'échappe. Les deux Chiliens gardent le silence, émus par tant d'ardeur et de douceur, ragaillardis par le don de la jeune femme dont ils ne savent rien. Ne sauront rien.

Puissante et solide comme jamais, Blanche rentre chez elle, ne doute plus. Elle ouvre une page vierge.

Douleurs subies, malheurs choisis, déchirements, amours contrariées, inutile d'en savoir plus. Elle tape du poing sur l'incompressible. Ce que l'on ne peut changer. Elle a mal. Mais ce mal la renforce. La constitue dans ce qu'elle y trouve de plus fondateur. Avec l'avenir pour seul cap.

Sa valise terminée, elle vérifie qu'elle n'a rien oublié, sous le lit, le sofa, dans la salle de bains, pose son Nikkormat sur la table ronde, en retire la protection, le cache, ausculte l'appareil, le caresse. Alors, elle comprend. La vérité comme en plein jour. L'œil en retrait. Toujours derrière un filtre. Pour se protéger de l'inconnu, des mensonges et des peurs. À elle dorénavant d'écrire sa propre histoire. À l'œil nu. Dans son sac, les cartes postales. Il ne lui reste qu'à laisser faire le destin. Tout ce qu'elle vit depuis son départ de France s'imbrique comme un jeu de patience.

La porte claque. Les clés sont restées à l'intérieur. Blanche n'a qu'une idée en tête, tourner le dos à Santiago. S'enfoncer dans les Andes. Retrouver enfin la lumière inaltérée et le silence minéral. Épouser à nouveau la roche. Sa force tragique et douce. Quelque chose en elle est en train de se déchirer. Comme un chemin menant à soi. À la gare routière, elle monte dans un car vers le nord du pays. L'Atacama, une des régions les plus arides sur terre.

47

À Iguazú, où il vient d'atterrir, Marcel s'arme de patience. Pas de car avant quelques jours. Les inondations ont embourbé les routes. Attiré par la nature exubérante, il s'enfonce dans la forêt tropicale, loin des touristes et des gardes. Après les chemins balisés, il se faufile entre lianes, curupays, pins du Paraná, se rapproche des cataractes, rallie les îlots de verdure, se camoufle, évite serpents, caïmans, ocelots. Quand il le faut, Marcel sait se faire caméléon, se déplacer telle une ombre, se fondre dans la nature. Invisible, il progresse lentement sous les rideaux d'eau. Un miracle qu'il ne soit pas emporté par les flots. Plus d'un million de litres par seconde.

Les pieds dans le vide, agrippé à une saillie glissante, Marcel aperçoit un homme assis en tailleur, dissimulé dans une cavité. La vision est tellement surprenante qu'il s'en approche. Une force inexplicable se dégage de l'individu, sans âge et sans teint, maigre à faire peur, son interminable chevelure enroulée au-dessus du crâne. Dans une langue étrange, que Marcel décrypte intuitivement, l'ascète l'invite à le suivre au fond d'une grotte. Il est si grand que sa crinière touche la voûte. Il se présente. Juvenal Daza, maître mage et savant.

— Je t'attendais.

Marcel abandonne son sac à dos dans une niche, s'assoit en tailleur à côté de l'anachorète, sans poser de questions. Pendant trois jours et trois nuits, dans l'obscurité, la confusion des heures, des aurores, des crépuscules, avec pour seul ravitaillement de l'eau, des jeunes pousses et des racines, le mage lui révèle ses secrets, lui lègue la toute-puissance de quelques formules. Durant trois jours, Marcel flotte sans repères dans le grondement assourdissant des chutes, grave dans sa mémoire les préceptes de Juvenal Daza. Une rencontre presque illusoire.

Quand vient le moment de se séparer, l'homme se lève.

— Déploie tes ailes, ouvre les yeux en grand. Voici le Dit des volcans. Tu vois ces seins gris, embrumés, enneigés, recouverts de cendre, de végétation luxuriante ? Vois-tu ces mamelles, ces cirques, ces excroissances de la terre d'où jaillissent la vie, le feu, la colère ? Partout, les volcans s'éveillent. As-tu bu à leurs lèvres ? Sais-tu que ces structures géologiques sont un lieu de passage ? Une ouverture dans la croûte terrestre par laquelle le magma, la chair, le cœur, remontent à la surface ? La croûte terrestre est une peau de huit kilomètres en dessous des mers et de quarante kilomètres en dessous des continents. Une peau qui se craquelle avec le temps, se ride, résiste parfois, se désagrège avec les tensions, les souffrances, l'inexorable fin. Un tissu divisé en immenses plaques tectoniques qui reposent sur le manteau. Tout n'est qu'effleurements, superpositions, alliances. C'est la même chose avec les hommes. Si un seul d'entre eux crée une blessure dans l'immensité de la nature, imperceptiblement, une onde se propage. Si un seul d'entre eux se perd, la nature s'en fait l'écho. Je te laisse alors imaginer l'impact de huit milliards d'êtres humains. Voici donc ce que prétendent les peuples cachés, elfes, trolls, lutins, djinns. Le jour viendra où la planète tremblera, du nord au sud, sans prévenir, sans répit, sans explications. Séismes, tsunamis, désastres écologiques. Que seul un geste d'amour total, répercuté à l'infini, pourra apaiser. Enrayer la fin du monde n'est pas imaginable. Un jour, elle surviendra. Mais atténuer son processus, oui. Par l'accalmie, la consolation, la compassion. Voilà ce que nous disent les laves, les scories, les cendres, les gaz. Les volcans sont des bouches qui crachent désespérément un cri. Le cri de l'espérance.

Marcel mémorise chaque mot, chaque phrase. Il sait que tout finit par prendre sens un jour. Même à son insu. Lorsqu'il ressort de l'excavation, le soleil l'éblouit, brûle sa peau. Sous une fougère arborescente, un tégu noir et blanc. Il observe les écailles du saurien, épaisses et perlées, sa longue queue, comme un intestin. Marcel oscille entre fascination et dégoût. Des papillons multicolores butinent les sels de sa sueur, se posent sur ses biceps, au même arrondi que ceux de son père. Lorsque l'absence de sa mère se faisait trop lourde, Marcel s'agrippait à eux. Le bûcheron le soulevait. Il pouvait se balancer dans les airs, accroché aux muscles fermes et tièdes.

— Papa Pater, dis… Je ne la reverrai pas, ma mère ? Même au ciel ? Plus jamais ?

— Quand le corps s'arrête de fonctionner, l'esprit s'en va. Tout disparaît. Comme un morceau de sucre dans de l'eau. Ta mère est maintenant en toi, Marcel. Écoute-la, sens-la. Elle respire en toi.

Pendant les soixante-douze heures de retraite chez Juvenal Daza, Marcel n'a pas touché à son sac à dos. La toile est trempée, comme si elle avait bu l'humidité et la boue. Après des heures d'escalade, de marche, de crampes à l'estomac, il regagne le sommet, voit apparaître un signal de connexion sur son téléphone. Sans attendre, il écrit à Blanche : « J'ai craqué. Je t'ai suivie. Encore une fois. Impossible de faire autrement. Je suis à Iguazú. » La réponse est immédiate : « Marcel ! Je ne te crois pas. » Il veut la retrouver. Au plus vite. Où qu'elle veuille. « Dans une semaine. Laguna Brava. J'arriverai du Chili par le Paso de Pircas Negras. C'est fou que tu sois venu. »

Marcel avait vu juste. Il prendra bien un car, passera par Santiago del Estero, jusqu'à La Rioja. Retrouvera Blanche en plein cœur de la cordillère des Andes. « Laguna Brava, 18 mai, confirmé. J'y serai et t'y attendrai. » Les mots et la magie, une seule et même chose.

48

À San Pedro, Blanche a trouvé un hébergement chez l'habitant. Une pièce toute en longueur, aux murs ocre, dont la baie vitrée offre une vue quasi irréelle sur des orgues basaltiques. Au soleil couchant, la falaise se colore de toute une palette de roses orangés, jusqu'au paroxysme, rouge feu. La maison de sa logeuse est nichée au bout d'une route en terre. À côté de l'étable, deux lamas broutent ronces et arbrisseaux. Tôt le matin, Mariella répand du foin dans leur auge, dont ils se repaissent voracement. Blanche aime observer ces drôles de bêtes. Des dromadaires en miniature. À l'arrière de la demeure discrète, de confortables fauteuils en osier regardent la vallée. Le soir, ils peuvent être basculés en arrière. Au cœur de la nuit, blottie dans un de ces curieux berceaux, Blanche plonge son regard dans l'infini. Il lui suffit de fixer longuement la voûte céleste et un fourmillement d'astres submerge l'obscurité. Nébuleuse, supernova, étoiles jumelles, un océan d'étoiles dans le ciel le plus pur du monde. Mariella lui a expliqué qu'il ne faudrait pas loin de quatre-vingt mille années pour atteindre l'alpha du Centaure, le système stellaire et planétaire le plus proche. À quarante milliards de kilomètres de la Terre. Galvanisée par les constellations, Blanche trouve un second souffle.

Ses nuits sont brèves. De plus en plus courtes. Son énergie multipliée par dix. Elle se lève, court voir la naissance du jour sur le belvédère de Kari. Cinq kilomètres à pied dans la nuit. Chacun de ses pas sur le sable réajuste sa vie, rétablit l'équilibre. Blanche pose un regard neuf sur les flous, les écueils, défait une à une les pièces du radeau auquel elle s'identifiait jusqu'alors, s'extirpe des courants néfastes, freine sa dérive. Les trois femmes de son existence, grand-mère, mère et amante, recomposent un nouveau paysage. Plat, désertique. Comme le paysage qui l'entoure. Cirque sec, grandiose, ceint de volcans endormis. Ici affleure une vie silencieuse. La clé du mystère. Qu'elle explore lors de marches interminables, encerclée de panoramas inouïs – vallée de la Lune, canyons, dunes blanches, roses, dorées, ciels jaunes, fuchsia, verts. Jamais de photos.

San Pedro a des allures de ville du Far West. Blanche y arpente ses ruelles poussiéreuses, ausculte les pas de porte, épie les cours dissimulées derrière les murets, va, vient, sonde les murs d'adobe blanchis à la chaux, s'éloigne vers la périphérie de la petite agglomération. Souvent, un chien vagabond la suit. Lorsque la porte bleu pâle de l'église andine est ouverte, elle vient s'y réfugier, rêvasse, le regard perdu dans la charpente de caroubier, de cactus et de paille, où des araignées ont tissé leurs toiles. Parfois, elle fait une prière. « Au nom du Père… »

Elle s'installe toujours à la même terrasse de café. À l'ombre d'un figuier de Barbarie. Sirote une citronnade. Prend le pouls du monde. Au centre de la place fleurie de bougainvillées, un kiosque et des bancs. Le vent agite les cosses sèches d'un arbuste. Un homme âgé appelle son attention. Décharné, chevelure épaisse et blanche, il s'éloigne dans l'allée centrale. Chaque fois que le vieillard avance d'un pas, le pommeau en argent de sa longue canne scintille sous les rayons du soleil cuisant. Blanche observe le glissement de ses pieds sur la terre aride. Une allure aristocratique, que seule sa claudication vient troubler. Presque un déboîtement. Elle revoit son père dans le long couloir santiagois en tommettes pourpres. Son père dans la roseraie, penché sur des boutons en fleur. Elle était si petite. Seul lui reste le souvenir d'un monsieur élancé, gracieux. Qui l'émerveillait et la terrifiait en même temps. Une apparition.

49

Lumière, soleil et lune. Dans ce triangle fécond, Blanche guérit. Sur le haut plateau andin, elle découvre le sens du mot plénitude. Sous sa peau, quelque chose advient. Ni hasard, ni sagesse. Une juste conjonction. « Un alignement planétaire », dirait Mariella, qui croit aux configurations astronomiques rares. Pelotonnée dans un des fauteuils en osier basculé vers la voûte céleste, un maté à la main, Blanche se plaît à bavarder avec sa logeuse. Elle s'ouvre enfin. Le téléviseur, resté allumé dans la cuisine, brouille leurs pauses silencieuses. Le flot d'informations alarmantes, rarement rassurantes, en fond sonore. Apaiser la peine, panser les blessures, voilà le sens que Blanche donnera désormais à son existence. En elle, les contraires s'accouplent. À la fois divinité et diablesse. Une et multiple. Mariella est charmée par la puissance paisible qui se dégage de la jeune femme. Guerrière et libre.

— Tu me fais penser à un homme très spécial qui vit ici. Il est arrivé à San Pedro il y a des années, après un accident d'avion. C'était le seul survivant de la tragédie. Tu l'as peut-être aperçu ? Facundo Esperales, un danseur de tango. Une célébrité à l'époque. Il n'a jamais pu récupérer totalement l'usage de ses jambes. Un drame pour sa carrière.

Blanche a un tressaillement.

— Depuis, il est devenu un mentor pour beaucoup de personnes. Un architecte de la mémoire. Comment te dire ? Une sorte de guide pour les familles qui ont perdu un proche sous Pinochet.

Mariella a changé de ton. Elle parle d'une voix sourde.

— Je ne devrais pas mentionner tout ça. C'est tabou ici. Mais, pendant la dictature, les corps de dissidents ont été balancés dans le désert. En cherchant bien, on peut trouver des débris d'ossements, disséminés au milieu des cailloux. Pour ceux qui ont perdu un des leurs, c'est le seul moyen de faire le deuil. Même si on ne peut pas effacer le passé, c'est important d'en faire quelque chose. De le métamorphoser. Comme dit Lavoisier : « Rien ne se perd, rien ne se crée, tout se transforme ». Un Français si je ne me trompe pas !

Lumière, soleil et lune. Ce n'est peut-être pas un hasard si Blanche est venue jusque-là.

— Facundo accompagne les femmes dans le désert. Bon an mal an. Aidé de sa canne. Et d'une volonté de fer. Ensemble, ils fouillent l'immensité. Sillonnent, grattent, creusent. Pour réparer, laisser une trace. Que plus jamais une telle infamie ne se répète.

Le désert d'Atacama. La seule tache brune vue de la Lune. Ici, on touche les étoiles. Les plus grands télescopes décortiquent le cosmos. Les astronomes fouillent les origines. Les géologues creusent par-delà le passé. Alors, Blanche comprend. Le destin. Les forces cachées. Comme si son père l'avait attirée à lui. *L'immensité n'est en réalité que l'intérieur de nous-mêmes.* Voilà ce qu'elle se dit, en tendant la calebasse de maté à sa logeuse.

Lumière, soleil et lune. Ne pas chercher à tout comprendre. À récrire. Pour apprendre à aimer ce père inconnu, il lui faudrait retourner la terre de son passé. Elle n'en a ni la force ni l'envie. Il est trop tard. Son point d'ancrage est autre. Ici, c'est sûr, débute et finit le mystère.

50

Des quatre cartes postales énigmatiques, il ne lui reste que la dernière à élucider. Pourquoi le volcan Láscar ? Était-ce juste une façon pour son père de la guider jusque dans l'Atacama ? Blanche voudrait en faire l'ascension. Mariella la met en garde.

— Tu sais que c'est le volcan le plus actif de la région ? Tu es sûre de ce que tu fais ? Qu'est-ce que tu vas fabriquer là-haut ? Il culmine quand même à presque cinq mille six cents mètres d'altitude ! Tu tiendras le coup ?

Le *soroche*. Un des risques les plus importants pour les grimpeurs non aguerris. Surtout à des altitudes où l'oxygène diminue de moitié par rapport au niveau de la mer. Le corps peut commencer à en ressentir les effets dès deux mille trois cents mètres. Alors, le double… Mais Blanche est prête à relever le défi. Si la nouvelle épouse de Yossef l'a fait, qu'est-ce qui l'en empêcherait, elle ?

— Le mal des montagnes, j'en fais mon affaire.

— Ne plaisante pas, Blanca !

Mariella est incapable de prononcer son prénom en français.

— Tu m'as l'air obstinée. Mon filleul va t'y emmener. J'ai confiance en lui. Il est d'ici et il connaît chaque caillou du désert, chaque versant, chaque faille. Il est bourru, mais avec lui tu es tranquille. Il faut juste qu'il soit disponible. Je l'appelle. Tu as de la chance, en ce moment, le Láscar est calme et peu enneigé. C'est qu'il ne fait plus aussi froid qu'autrefois.

L'affaire est réglée sur-le-champ. Le filleul viendra la chercher avant l'aube.

Dès quatre heures, Blanche revêt prestement les affaires prêtées par Mariella. Sous-vêtements thermiques, polaire, pantalon et veste isolants, chaussures de trekking, rien ne manque. Avant de se coucher, elle a pensé à préparer sa besace. Tout a été rigoureusement réfléchi. Son Nikkormat est coincé entre pellicules, Kleenex et écharpe orange – un rituel lorsqu'elle accoste une montagne. Il fait encore nuit noire lorsqu'elle monte dans le 4x4, à côté du chauffeur. Mariella leur a préparé une Thermos d'eau chaude, du maté, une calebasse, des caramels et une poche de gâteaux secs.

Après quelques lacets, la route s'assagit, traverse le plateau en ligne droite. Sur les accotements, pierres et arbrisseaux apparaissent et disparaissent sous le faisceau des phares, tels des clins d'œil dans l'obscurité. Dans l'habitacle, le chauffage est au maximum. Blanche lutte pour ne pas s'endormir. Hernán finit par rompre le silence, lui indique, sur les hauteurs, dans l'ombre de la montagne, les installations de l'un des plus grands observatoires astronomiques du monde. ALMA. L'âme, en espagnol. Il lui tend ensuite une bouteille d'eau et un diurétique.

— Tu bois toute l'eau et tu avales ça.

Au bout de deux heures de route, la voiture s'immobilise au bord d'un lac. La Laguna Lejía, à quatre mille deux cents mètres d'altitude. Au pied du Láscar. Tandis que Hernán prépare le maté, la pointe du jour illumine le jade du ciel. La nature se teinte de gris, d'or, de bleus.

— Allez, on remonte en voiture.

Direction le point de départ de l'ascension, six cents mètres plus haut. De là, il leur reste huit cents mètres de dénivelé à gravir pour atteindre le sommet du stratovolcan. Ils sont seuls à se lancer en ce petit matin. Lentement, l'un derrière l'autre. À l'assaut des strates de lave et de scories. Dans une odeur puissante de soufre. Au-dessus d'eux, la fumée tangue avec les rafales du vent glacé. Le cœur de Blanche bat à tout rompre. Entre excitation, appréhension et manque d'oxygène.

— Il n'y a pas de risque d'éruption ?

— Pas que je sache.

— C'est juste qu'avec…

— Oh, toutes ces éruptions dans le monde, ça passera, vous savez. Et puis, après, vous verrez, ce sera autre chose. La Terre aussi, a son mot à dire.

Régulièrement, Hernán lui tend la gourde d'eau, pour éviter les maux de tête, insiste pour qu'elle mette ses lunettes de protection. Blanche se sent un peu engoncée, elle a glissé ses mains endolories par le froid dans les gants trop grands de Mariella et les tape l'une contre l'autre. Deux heures et demie plus tard, ils approchent du cratère. Plus que quelques minutes avant d'accéder au sommet. Le sol est tiède. Ça y est. Ils peuvent se pencher au-dessus du vide.

Blanche détaille les ruptures de terrain, la bouche béante du volcan, animée de volutes, comme autant de paroles éparpillées, décomposées. Elle ouvre sa sacoche, en extrait son Nikkormat, soupèse le boîtier, chatouille l'objectif, hisse l'appareil au-dessus d'elle. Rectangulaire brut, presque rudimentaire, il se détache sur l'azur. Le jour illumine la roche. Elle retire ses gants, ses lunettes, plaque son œil sur le viseur. Concentrée, avide, elle appuie sur le déclencheur, imprègne la pellicule des souffles, des cicatrices, du fil de l'horizon. Capte les moindres signes. Comme si elle enregistrait les cris, le chant, les soupirs de la Terre. Pose après pose.

Le guide est resté en retrait, un peu cerbère, un peu ange gardien. Il la regarde faire. Danser avec son appareil photo. Balayer le paysage de son œil appliqué. Il observe son va-et-vient. Un ballet au ralenti. Y voit la mort du cygne. Elle s'éloigne, se rapproche, lève les bras, les abaisse, inspire, expire, se fige, rembobine, ouvre le boîtier, retire la pellicule, la glisse dans sa poche. Des deux mains, brandit le Nikkormat, pousse un cri de joie.

Hernán se raidit. Hésite à intervenir. La voit soudain jeter l'appareil dans la gueule du volcan. Le projectile noir et argent disparaît brutalement dans la gorge du Láscar. À tout jamais. Blanche s'égosille. Libère tous ses maux. Seules les entrailles de la Terre entendent sa prière.

51

Vus du ciel, Blanche et Marcel sont deux points qui se déplacent sur le continent. L'un vers l'autre.

Lui, amaigri, cheveux noués, marche le long des nationales. Son visage émacié irradie. Mains dans les poches, il récite les poèmes qu'il a appris par cœur depuis l'enfance, suit les lignes droites interminables, endure la chaleur du jour, les plateaux désertiques. Il rallie Tucumán, Catamarca, Villa Unión, subit à son tour les effets du *soroche* en grimpant vers Vinchina, savoure *empanadas* cuites au feu de bois au bord des routes, se réchauffe de matés mêlés d'herbes et de baies sauvages, atteint Alto Jagüel. Il y reste trois jours, hébergé par un couple de bergers. Leur maison en torchis, bâtie en surélévation sur la roche, les préserve des flots d'eau mêlée de terre qui dégringolent des sommets les jours d'orage. La porte d'entrée surplombe la rue principale, à un mètre du sol. Marcel converse tant bien que mal avec ses hôtes, deux sexagénaires coiffés de sempiternels bonnets de laine. Pas plus hauts que deux myrmidons, Pepe et Nani l'accueillent comme s'il était leur propre fils, lui racontent la misère des villages alentour, les légendes du coin, les avertissements de la Pachamama, la grande déesse des Andes. La Terre-Mère.

— La nature nous parle. Qui l'écoute ?

La chaîne montagneuse, toute-puissante, se dessine au loin. Omniprésente. Marcel convoite l'ascension des hauteurs de la cordillère. Sa peau mate se teinte des nuances bariolées, lie-de-vin, safran, qui colorent la pierre jusqu'à la ligne de crête. La veille de son départ, il se lie d'une amitié fugace avec un garde-frontière de repos dans le hameau. L'interroge sur l'état du poste de Pircas Negras. L'homme le rassure.

— Sois quand même prudent là-haut. Il n'y a pas si longtemps, on a retrouvé un touriste, habillé comme un gars de la ville, bon à mettre sous terre. Y'a de ces rigolos, parfois. La déesse Terre n'aime pas ça, l'insouciance.

Pepe lui a proposé de le conduire à la lagune le jour dit, aux premières lueurs. Un collègue pourra le récupérer avec son amie à la tombée du soir.

Elle, cheveux blanchis par le soleil, séparés en deux tresses, n'a plus grand-chose de l'actrice des années trente. Après l'expédition au Láscar, elle s'est débarrassée de tout ce qui l'encombrait, cartes postales, pellicules vierges, téléphone. Elle n'a gardé du volcan qu'une empreinte inversée. Un film négatif qu'elle ne fera pas développer, dissimulé dans une petite boîte en métal. Son nouveau fétiche. Hernán lui a proposé de la déposer à la gare routière de Calama. Une semaine sur deux, il travaille à quinze kilomètres de là, dans la plus grande mine de cuivre à ciel ouvert du monde, Chuquicamata, s'en désole, n'a pas le choix.

Lorsqu'elle monte dans le bus de nuit, Blanche doute. Au bout de la route, rien de plus qu'un rendez-vous. Avec un presque inconnu. Un étranger qui sent la noix. Qui ne viendra peut-être pas. Un saut dans le vide. En s'éloignant du haut plateau, elle se met à pleurer. Lovée au fond du car, en direction de Copiapó et du passage vers l'Argentine, plus au sud, elle fait ses adieux aux souvenirs enfouis. Enchaîne arrêts et attente, au bord des trottoirs, sous les abribus, dans les stations-service. La route serpente à travers cols et vallées. Ses chagrins se diluent avec les kilomètres. Bientôt le poste-frontière. Il est neuf heures. Les douaniers tardent à se manifester, attablés dans une cabane en tôle ondulée, porte grande ouverte, transistor à fond : « Apaisement global des manifestations volcaniques dans le monde. Point final ou répit avant la rupture ? »

Au-dessus de la cordillère, l'œil du ciel embrase les cimes.

52

On dit que la région est l'une des plus instables du pays. Les plaques tectoniques y coulissent avec force. Entrent en collision. Se superposent. À des lieues des secousses telluriques, Blanche s'incorpore à l'interminable épine dorsale. Elle a demandé à descendre du car dès le surgissement de la lagune. Tapie entre les pics enneigés et les monts cendrés, on dirait une aigue-marine. Laiteuse, bosselée de frémissements argentés, elle respire avec le vent. Un souffle erratique. Où les accalmies répondent aux bourrasques glaçantes, sifflantes.

— Vous êtes sûre de vouloir continuer seule ?

Blanche en est sûre, s'éloigne, prend le temps, longe la piste, les cailloux lunaires, descend vers la rive brodée de mousses dorées. Dans l'eau infusée de sel et de sédiments, des flamants roses lissent leurs plumes. Tout autour, les sommets se détachent sur le ciel bleu. Seul un nuage s'y promène, enroulé sur lui-même.

De l'autre côté de la crique, bras tendus vers le ciel, Marcel apparaît. Il irise l'air de ses doigts d'enchanteur. Il l'attend. Blanche marche vers lui. Jusqu'à lui. À mesure qu'elle avance, elle semble se dématérialiser. Son visage est d'une pureté saisissante. Marcel ouvre ses bras. Elle l'atteint. L'effleure. L'accoste. Les voilà réunis. Fondus l'un dans l'autre. Au bout du voyage. Là où la lagune se termine. Là où tout commence.

Sur le toit du monde, des heures durant, Blanche et Marcel s'unissent. Jusqu'au soleil couchant. Dans la camionnette qui les descend vers la vallée, Blanche prend enfin racine. Au creux de la nuit, elle renaît. Marcel attrape sa main. Y pose un objet crénelé. Doux. Son ammonite. Sur le cadran du tableau de bord, il est quatre heures cinq. L'heure exquise. Haut dans le ciel, la lune irradie. Parfaitement ronde. Pleine. Et blanche. Comme le jour.

Remerciements

Cette histoire, je la dois aux livres et aux voyages.

Aux aventures australes de Francisco Coloane,
aux témoignages nostalgiques de Patricio Guzmán,
aux silences patagons d'Eduardo Mallea,
aux souffles telluriques de Jean Giono,
aux forces errantes de René Frégni,
aux âmes solitaires de Tim Eitel,
au monde magique des librairies, des bouquinistes, des bibliothèques,
à tous les amoureux et à tous les défenseurs de la littérature,
à la bienveillance passionnée d'Alexandrine Duhin, mon éditrice,
à l'exigence avisée de Laure Pécher, mon agente.

À mon père, surtout.

À chaque dent de lait perdue, il glissait un livre sous mon oreiller.
Grâce à lui, ma vie a toujours été un voyage.

Notes

p. 7 : film *La Jetée*, de Chris Marker ; roman *La Naissance du jour*, de Colette (Flammarion, 1991) ; p. 22 et 29 : opéra *Carmen*, de Georges Bizet ; p. 63 et 97 : opéra *Pelléas et Mélisande*, de Claude Debussy ; p. 76 : poème « Icebergs », dans le recueil *La Nuit remue*, de Henri Michaux (Gallimard, 1935) ; p. 88 : nouvelle « Le Merveilleux Après-midi de Balthazar », dans le recueil *Les Funérailles de la Grande Mémé*, de Gabriel García Márquez (traduit de l'espagnol, Colombie, par Claude Couffon, Livre de poche, 1998) ; p. 104 : film *La Dolce Vita*, de Federico Fellini ; p. 147 : poème « Enivrez-vous », dans les *Petits Poèmes en prose*, de Baudelaire ; p. 179 : fable « Les Deux Amis », dans les *Fables* de La Fontaine.

Composition réalisée par Belle Page

CET OUVRAGE
A ÉTÉ ACHEVÉ D'IMPRIMER
SUR ROTO-PAGE
PAR L'IMPRIMERIE FLOCH À MAYENNE
EN FÉVRIER 2021

PAPIER À BASE DE
FIBRES CERTIFIÉES

Fayard s'engage pour
l'environnement en réduisant
l'empreinte carbone de ses livres.
Celle de cet exemplaire est de :
1,1 kg éq. CO_2
Rendez-vous sur
www.fayard-durable.fr

N° d'impression : 97861
48-8599-6/01
Imprimé en France